文春文庫

切り絵図屋清七

紅染の雨

藤原緋沙子

文藝春秋

目次

切り絵図屋清七

紅染の雨

この作品は「文春文庫」のために書き下ろされたものです

第一話　竹の春

一

「馬琴《ばきん》さんの昔のお住まいですか……ええ、ございますとも。馬琴さんが神田に移るってこの飯田町を出ていかれたあとは、娘さんの、さきさんご夫婦がお住まいになっていますけどね。もうずいぶんになりますよ」

紀の字屋清七《せいしち》の問いかけに、白髪の女将《おかみ》は気さくに答えて微笑んだ。

年の頃は六十半ばかと見受けられるが、後れ毛一本もなく、髪をきちんと結い上げて、やせ形の体にきりりと着物を着けている。

若い時にはさぞかし美しい顔立ちだったろうと偲《しの》ばれるその顔は、今は色気も欲も抜けたようにすがすがしい。

女将はここ飯田町の、堀留にある蕎麦屋『こおろぎ』という店の名物女将だった。

――おふくろさんにしたいような蕎麦屋の女将がいる。

そんな噂を聞いた清七たちは、切り絵図制作の調べの途中で立ち寄ったのだった。

むろん蕎麦も注文するが、それとなく近辺の武家屋敷や町の様子も聞き取る、というのも目的のひとつ。

だが女将は、訊きもしないうちに、先へ先へと話してくれる。

「でもね、うちの前の、もちのき坂じゃなくって、馬琴さんのお宅は、もう一つ向こうの中坂ですよ」

女将は中坂のある方を手で差した。

「亡くなったのは、去年の暮れだったよな」

訊くともなしに言ったのは与《よ》一郎《いちろう》だった。

清七、与一郎、小《こ》平次《へいじ》の三人は、店の上げ床に上がって座ったところである。

店の中は、上げ床と土間に飯台が置かれた樽の腰掛けの席と二通りあった。おそらく武家屋敷に囲まれているこのあたりは、武士は上げ床、町の人たちは飯台に座ることになっているのかもしれない。

　しかしそれも、武士町人ともに客が立て込んだ時のこと、清七たちが店に入ったのは昼時を過ぎていたから、客は土間の飯台に二人だけで、清七たちは上げ床の席を選んだ。調べの相談は、上げ床のほうが良い。

「馬琴さんがお亡くなりになったのは十一月でしたよ、確か……」

　女将は応えながら、三人が囲んだ台を拭くと、注文を取り、三人の顔を順番に見て言った。

「もっとも……お亡くなりになったのは、神田の家を手放して四谷に買ったお宅だったようですね。お孫さんのところでお亡くなりになったらしいですよ」

　気の毒そうな顔を作り、清七の顔に視線を留めた。

「そうか……この町を出たあとは神田に住み、その後は四谷で暮らしていたのか」

　清七は、女将の視線を受け止めて訊きかえした。

「らしいですね。そうそう、一度ご子息のお嫁さんに手を引かれてそこの堀のあたりを歩いているのをお見かけした事がございますよ。とってもしっとりとした美しいお嫁さんで、親孝行なお方だと一目見て分かりましたね」

「へえ、時々はこちらにも来てたんですかい」

小平次も訊く。

「いえ、神田に移られてからは、滅多に……きっと、あの時は中坂の娘さんのお宅に、のっぴきならないご用があったんでしょうね」

「やっぱり、ここら辺では名の知れた人だったんだな」

与一郎が感心した口ぶりで呟くと、

「そりゃあそうですよ。あれだけの面白い読本《よみほん》をお書きになった方ですからね。この、あたしだって読みましたよ、里見八犬伝……読みました？」

与一郎の顔を覗く。

与一郎は曖昧な表情を作ってごまかした。絵師には興味があったが、読本にさほどの興味は持っていなかったのだ。それというのも、馬琴とかつての師匠の広《ひろ》重《しげ》とのつながりがなかったからだ。

なんだ読んでないのかと、少し残念そうな顔を女将はしてみせた。だがすぐに、顔を曇らせると、なぜか声を潜めるような口調で言った。

「でもね、馬琴さんは八十二歳の長生きで、そりゃあそれで結構なことでしたが、頼りにしていた息子さんの宗伯《そうはく》先生には先立たれ、お内儀さまにも死なれ、しかもお目を悪くなさってからの晩年は、さぞ不自由だったでしょうし、お寂しかったんじゃないかと思いますよ。近頃では、そんな馬琴さんの話を聞きたいなんて、昔のお住まいを見にこられる贔屓《ひいき》の方達がたくさんいらっしゃいましてね、ここにもよく立ち寄って下さいます。なにしろ、お亡くなりになってまだ一年と経っちゃいませんからね。もしかして、皆様がたもそうなんですか」

　興味深そうな目を向けてきた。

「いや、私たちは切り絵図を作るために、このあたりを調べに来たんです」

　清七が紀の字屋の名を出して説明し、先月売り出したばかりの切り絵図を広げて見せると、

「まあ……これはこれは」

　女将は目を丸くして見入った。

「ほんと、これがあればどんなに心強いことでしょうね、うちにも一枚譲って下さい」

　女将は言い、この辺りでも、良く某《なにがし》の屋敷はどこかと訊ねて来て応えに困る時があるのだと告げた。

　清七は明日にでも持参すると約束した。

　すると女将は、

「そうそう、うちの前にあるお屋敷よりひとつ坂上には、北町の御奉行様、大目付様、それに晩年は御留守居まで勤め上げた榊原主計頭忠之《さかきばらかずえのかみただゆき》様のお屋敷がございますよ」

といきなり興味をそそるような話をしてくれる。

「そうらしいな。俺たちも先ほど屋敷を外からざっと眺めてきたところだ。女将、このもちのき坂の上には、川路《かわじ》さまのお屋敷もあると聞いているのだが……」

清七が話をふってみる。

川路聖謨《としあきら》とは、小普請組から立身して勘定吟味役、小普請奉行、普請奉行などを歴任してきたが、水野忠邦《みずのただくに》が天保の改革で挫折して失脚するのに伴って、奈良奉行に左遷された人である。

「はい、今は奈良に単身で向かわれて、お屋敷には奥様はじめご家族の皆様がお暮らしのようですね」

白髪の女将は、ことのほか近辺の事情に詳しいらしい。

清七の問いにすらすらと答えたのち、ようやく清七たちが頼んだもり蕎麦を板場に告げると、飯台から立ち上がった客を戸口まで見送って行った。

「さて」

清七は女将から視線を戻すと、懐から御府内沿革図を取り出して広げた。

「今俺たちがいるのはここだな」

飯田町の堀留、こおろぎ橋の袂《たもと》を清七は改めて確認した。

紀の字屋清七が手がける切り絵図第二弾を、ここ飯田町駿河台《するがだい》、そして番町と決めたのは五日前、下調べをした後に、今日から現地に入って調べている。

まずは朝から、三人は牛込御門を東北にむかって歩み、一軒一軒確認して当たり、御台所町の調べを終えて後、この飯田町に入ったのだ。

「与一郎、お前と小平次は、このもちのき坂を上って武家地町家を当たってくれ。余力があれば、堀留の東側から雉子橋《きじばし》通り小川町まで頼む。俺は中坂に用がある。馬琴殿の昔の住居を確かめる。それに、忠吉《ちゅうきち》から頼まれたこともある。中坂を見届けたら九段の坂を見届ける。六ツには九段下の俎《まないた》橋袂にある料理屋『美濃屋』で待ち合わせだ」

ひとつひとつ扇子で道筋を確かめながら指図する。

「清さん、待ち合わせが料理屋とは、また豪勢な話だな。金もないのにどうするんだ。お茶一杯だって水茶屋のようにはいかねえんじゃないか」

与一郎はにやりと笑って清七を見る。

「案ずるな、これは親父さんが手をまわしてくれたことだ」

「なんだって、あの親父さんが……」

与一郎は小平次と顔を見合わせた。

「親父さんは妙に顔の広いお方ですからね。おゆりさんにしたって、いったいぜんたい、どういう訳で紀の字屋に連れてきたのか、謎ですぜ、ずっとね。だから、あの親父さんなら、立派な料理屋と懇意だって不思議はねえさ」

小平次は言いながら自身で相槌を打つように頷いた。

「ともかく、親父さんはこう言ったのだ。今後、美濃屋は、小川町番町を調べる時の拠点にすればいい、とね」

説明する清七も、実際その話を藤兵衛《とうべえ》から聞かされた時には驚いたものだった。

「結構なことだ。それにしても見かけによらず、親父さんも乙だねえ」

与一郎が弾んだ声を出したその時、

「紀の字屋さんはいらっしゃいますか」

若い衆が二人、入って来た。のっぽとでぶの組み合わせで、二人とも着物の上に茶色の半纏《はんてん》を身につけている。半纏の襟には、美濃屋とあった。

「ここだ、清七だ」

清七が手を上げると、若者二人は走り寄って来て頭を下げた。

「美濃屋から参りました。あっしは海老助《えびすけ》、そしてこちらは鶴吉《つるきち》です。女将さんのおふくさんから仰せつかって参りやしたので、お供させて頂きます。存分にお使い下さいませ」

歯切れ良く、はつらつと挨拶した。それにしても、なんとも思いがけない助っ人が現れたものだ。

「ありがたい、こちらに上がってくれ」

清七は二人を手招いた。


まもなく清七は、中坂のかつて忠吉が暮らしていた『笹子屋』という筆屋の跡地に立っていた。側《そば》には鶴吉が連れ添っている。

「焼け落ちた瓦礫が散乱してたんですが、普請を始めたのはつい最近ですよ」

鶴吉は清七の耳に囁くと、土ならしをし、家の土台づくりを黙々とやっている人足たちの動きを追った。

暦の上では秋とはいえ、日中はやはりまだ暑い。腹掛け一枚で肌を出し、頭にてぬぐいを巻き付けた人足たちの額には、汗が流れ落ちていた。

「笹子屋は、ずいぶん見晴らしのいい場所にあったんだな」

清七は振り向いて景色を望んだ。

「へい、この坂の上の広場や九段の坂の上の広場は月見の名所です。見晴らしがいいのは折り紙付きでございやすからね。どうやら、ここには、御武家の妾宅が建つと聞いておりやす」

鶴吉は思いがけないことを教えてくれた。

「何……妾宅だと」

「はい。どういう経路で手に入れなすったのか存じませんが、笹子屋さんが火事で焼け出された時に聞いた話では、笹子屋さんは日本橋の金貸し、天野屋から多額の借金をしていて、それでこの土地も手放さざるを得なかったということでしたから」

「やはり借金があったのか」

「そのようですね。ですから、ここに囲い女をする御武家は、天野屋から、この土地を買ったんでしょうね」

清七は頷きながら、笹子屋の内儀だったおみねから、そんな話は少しも聞いていないなと思った。

「天野屋というのは、この辺りでは嫌われ者ですよ。左前の店を狙って金を貸し、結局乗っ取るってぇやりくちのようですからね」

「………」

清七の脳裏を、忠吉と母親のおみねの姿が過ぎった。

どれほどの借金をしていたのか知るよしもないが、亡くなった主《あるじ》が残した借金のために、母子はわびしい長屋暮らしを余儀なくされたということらしい。

清七は、手を休めて竹筒の水をうまそうに飲んでいる人足に近づいて訊いてみた。

「ここには何処の誰の家が建つのだ……訊いてはいないか」

人足は怪訝な顔を一瞬向けたが、以前ここにあった店の知り合いだと清七が告げると、

「詳しいことは知らねえが、お旗本だとは聞いてるぜ」

頭に巻いていた手ぬぐいを取り、首に流れる汗を拭いた。

「そうか、分からんか」

清七は忠吉から、昔の店が今どうなっているのか見て来て欲しいと頼まれていた。

「おっかさんのために、おいら、何時《いつ》かまたあの場所で店を開きたいんだ」

忠吉はその時、そう言ったのだ。

大人の頭で考えれば、身代全てを失った者が、再び元の商いが出来るなどという途方もない話はしない。

そんな望みは夢のまた夢……口走れば失笑を買うだけだ。

だが、忠吉の胸には、誰にも害しがたい大きな夢があるようだった。

この中坂の、かつて店があった場所に、妾宅が建つというのは、忠吉の夢を夢で終わらせることに他ならない。

「妙な話があったんですよ」

鶴吉は、坂を上る清七に肩を寄せてきて言った。

「笹子屋の火事は、付け火じゃなかったのかってね」

「何……」

「火事があった直後は、笹子屋の隣の味噌醤油屋が火を出したなどと言われていたんですが、どうもそうではない。町奉行所が検分したところでは、味噌醤油屋と笹子屋の間の一尺ほどの路地に、火元と思われる激しく燃えた跡があったと言いましてね」

「で、町奉行所は探索したんでしょうな」

「いえ、うやむやになったようです。葉茶屋は心当たりが無いということだったし、笹子屋の者たちは奉公人たちまで何処に行ったのか分からないということでしたから、調べようがなかったのじゃないかと思いますよ」

——忠吉になんと言ってやればいいのだ……。

清七は健気《けなげ》に働く忠吉の顔を思い浮かべながら、鶴吉と二人で中坂から九段の坂の上に向かった。

火除け地ともなっている九段の坂の上は広々として、遥か前方には神田の町や、柳原土手の柳の青が、くっきりと見える。

「なるほど、この場所が月見で賑わうのも分かるな」

視線を天空に向けてみる。

「明後日が丁度二十六夜の月見の日です。一度来てみて下さい。ご案内致しやす」

鶴吉が笑って言った。

二

「ようこそ、美濃屋の女将でございます。本日はうちのお料理を召し上がって頂くように連絡頂いております」

清七たちが九段下の美濃屋を訪ねると、女将は奥の小座敷に案内した。

美濃屋は二階屋で、客のざわめきが一階にも二階にもあった。

案内されたのは、一階の奥の座敷だった。斜め向かいに離れ座敷があり、戸を開け放したその座敷には、数人の武士がいた。これから酒盛りを始めるところのようだった。

清七たち三人が着座すると、料理が次々と運ばれて来た。

舌なめずりする与一郎を眼で制して、

「女将、私たち紀の字屋が立ち寄ったは、挨拶のため……今日は鶴吉と海老助が一緒に回ってくれて大いに助かったが、今後も女将に世話を掛けるかもしれん。その時には……」

言い終わらぬうちに、

「案ずるには及びません。おあしは、藤兵衛さんから頂いております」

女将は微笑んで、三人の前にゆったりと座った。

年の頃はまだ三十になったかならぬかと思われるが、整った目鼻立ちの美しい女将だった。

ほんのりと甘酸っぱい香りが漂ってきそうな、そんな雰囲気を持っている。

黒い瞳が、姉が弟を見守るような色をたたえていた。

「それにしても、あの親父さんがな……」

与一郎は一瞬藤兵衛と女将のかかわりに興味を持ったようだった。だが、それよりも目の前の料理が先だとばかりに、早速箸を取った。

「おい、いただこう。せっかくのご馳走だ」

素早く控えていた中年の仲居が酒を注ぐ。

「皆様、切り絵図をお作りになったとか……藤兵衛さんはその記念にとおっしゃってましたよ」

「ありがたいありがたい……でも何故親父さんはこのような立派な店と懇意なのか不思議だな」

与一郎はつぶやきながら、せっせと薄塩で焼いたヒラメに手をつけている。

「藤兵衛さんとは、先代の女将の頃からのおつきあいです」

女将は、あっさりとかわした。

「しかしなんだな、女将、この前の堀だが、昔からこおろぎ橋で留めになっているのか？……俺だったら、小石川御門あたりに繋げる。舟が行き来できて便利じゃないか」

与一郎が、ふと顔を上げて言った。

「あら、昔はこの堀は江戸川の川筋が通じていて、日本橋川に流れ込んでいたらしゅうございますよ」

「へえ、じゃあ埋め立ててしまったというわけか」

「そのようです。でも昔の川筋のなごりは残っていましてね、小石川御門にある松平讃岐守《まつだいらさぬきのかみ》様の中屋敷の南側にはまだ下水となってその名残がございますよ」

「へえ」

与一郎は、新しい発見に目を輝かせた。切り絵図に記すかどうか、記せるかどうかは別にして、こうした発見をするのは、何か宝物を掘り当てた時のような気分がする。

飯田堀から西に向かって延びている三本の坂にしても、それぞれが特徴があって面白かった。

三本の坂のうちで、幅を計ってみると、九段の坂が十六間五尺で一番広い。次が中坂で、九間七尺、もちのき坂は四間だった。

ただ、荷車が行き交い、人の往来が多いのは、坂の両脇が町家の中坂で、九段の坂は荷車も通れぬ九つの段があるから、中坂に比べると人の往来は少ない。

これらは全て、現地に来て、実際この目で当たって知るのである。

「それはそうと、女将、この店の斜め向かいのお屋敷だが、井関《いせき》様と申されるお旗本のお屋敷だと聞きました。井関様といえば、先代の殿さまの奥方様が、随分と博識なお方だと聞いていますが、こちらの店にも参られることがあるのですか」

訊いたのは清七だった。

その人は隆子《たかこ》という名で、和歌も詠み、本も書き、読本屋の仲間うちでは、そのうちに『源氏物語』のような読本でも書かれるのではないか、などと囁かれている、と清七は以前聞いたことがあった。

「はい、坂道を隔てているお屋敷ですね。何度かご用命を頂きました。隆子様のご子息様は大御所様がお住まいの二の丸の御留守居でしたし、御孫さまは現在家《いえ》慶《よし》様をおささえして御小納戸を拝命しています。ともに晴れやかな御役を賜っておいででございますから、これまでにも何かのおりにはお声を掛けて下さいまして……」

「この辺りのお屋敷は、幕府のお歴々が多いようでございやすね。調べるこっちも、つい緊張してしまいやして」

小平次が笑って言った。

「おっしゃる通りでございます。わたくしの覚えが間違いでなければの話ですが、今おっしゃった井関様のお屋敷は、昔家宣《いえのぶ》様の時代に幕閣の中枢におられた新井白石様がお住まいになった時期もあったと聞いていますよ」

「ほう……いや、面白い。時代が変われば幕閣を成す人も変わる。それにともなって屋敷も変わる。武家屋敷を調べるというこの仕事、やってみれば結構面白い」

清七はつい口がすべった。自分が下調べしていた事と屋敷の主の様子が符合した事に、ふっと喜びを感じたのである。

「ほっほっ……わたくしもお話をお聞きしていて楽しゅうございます」

女将は口に袖を当てて艶《あで》やかに笑った。

だがまもなく、その手を前について、後ほどまたご挨拶に参ります、そう言って仲居一人を残して女将は退出して行った。

「申し訳ございません。おかみさん、おかみさんと、ひっぱりだこで……」

仲居は言い、酒のおかわりを取りに台所に引き上げて行った。

「しかしなんだな、親父さんは、おゆりさんの事もそうだが、なんでこう、美人の女子《おなご》と知り合いなんだ……いくら日本橋に店を持つと言っても一介の絵双紙屋ではないか」

与一郎はにやりと笑って、

「親父さんを一度調べてみる必要があるな。清さん、そうは思わんか」

残りの酒を清七の盃に注ぎながら、清七の顔に同意を求めた。

「ったく、おまえは」

清七は笑って、

「親父さんは見ての通りだ。私たちが調べるのは、果てしなく拡がるこの江戸の町だ。紀の字屋が、一枚一枚調べ上げて発刊する絵図を、どれほどの人たちが待ってくれているか、それを考えるだけでも、ぞくぞくするではないか」

「確かにな……清さん、小平次兄い」

与一郎が盃を突き出した。

清七も小平次も盃を突き出した。

三人は互いに目を合わせて静かに乾杯した。

一気に飲み干して笑みをたたえて見合ったが、その顔が俄《にわか》に固くなった。

「おい、なんだ……」

与一郎が言い、顔を離れ座敷に向けた。

離れ座敷と言っても、清七たちのいる座敷からは目と鼻の先、その座敷から、一人の若い武家が廊下に転げるようにして出て来、座敷に向かって手をついたのだ。

異様な緊迫感が、こちらまで伝わって来る。

「まさか、斬り合いになるんじゃないだろうな」

小平次が言った。

三人は廊下に出て、離れ座敷を注視した。

その座敷――。

廊下に手をついたのは、大野《おおの》菊馬《きくま》という若い武家だった。

その大野菊馬を敷居際まで来て見下ろしているのが、三人の、菊馬より少し年かさの武家だった。

真ん中に立って菊馬を睨んでいるのが、喜多川伝蔵《きたがわでんぞう》、伝蔵の両脇に立っているのが、伝蔵の腰巾着の楠田武兵衛《くすだぶへえ》、岡村忠五郎《おかむらちゅうごろう》と言った。

三人は共に支配勘定の役人で、大野菊馬はつい先月、小普請から支配勘定の見習いとして出仕したばかりである。

その大野菊馬に、喜多川たちは、新任の挨拶をしろと迫り、今日接待の席を設けさせたのだが、

「今おぬしはなんと申した？……」

楠田武兵衛は、股を広げてしゃがむと、顔を蒼くして手をついている菊馬に言った。

「は、はい。菓子は、菓子は『鶴屋』でございます」

鶴屋とは、近年御府内で頭角を現してきた有名な菓子屋だった。下り菓子に対抗して、江戸の菓子職人が店を開いた上物の菓子屋で、値段の割には味が良いと評判をとっている。とはいえ、庶民には何かの祝い事でもない限り、口に入る代物ではない。

「ふん」

武兵衛は鼻で笑った。たった今まで食していた膳の側に積んである鶴屋の菓子箱にちらと視線を走らせると、

「いいかな、見習いお披露目の菓子は、『筒井嵯峨』が勘定所の常識となっておる」

武兵衛は、ぐいっと睨んだ。縮こまって恐怖に震えているウサギを追い詰めた飢えた野犬のように、これからどうやっていたぶろうかと、武兵衛は後ろに立っている伝蔵と忠五郎に視線を合わせてにやりと笑う。

武兵衛が口走った筒井嵯峨の菓子とは、大奥御用達の、庶民や下級武士などは、一生のうちに一度も口にする事は無いような高級な菓子だった。

一般に武士の世界では、いずこかの役所に出仕がかなったら先輩同輩に挨拶と今後の引き回しを願って、屋敷にも心付けを届け、その上に酒宴を設け、土産に菓子折を持たせるのが常識とされていた。

つまりその菓子が、武兵衛は気に入らぬと言っているのだった。

「で、ですが、ですが」

菊馬は言いにくそうに、小さな声で訴える。

「長い間の小普請暮らし、蓄えもなく、鶴屋がせいいっぱいの私の誠意……」

言い終わるより早く、

「黙らっしゃい！　お前のような不届きものは初めてだ。金が無い？……無ければ借りてくればいいではないか」

「……」

歯を食いしばる菊馬に、

「要するにお前は、俺たちの教えを請わなくても、立派にやっていけるというのだな」

「いいえ、そのような事は決して」

「ちょっとばかり、筆算吟味の成績が良かったからと言って、つけあがるんじゃ無いぞ……俺たちの後押しがなかったら、お前など、三日と支配勘定に勤めてはおられぬ。満足に仕事の出来ぬ者を見習いから正式に採用してみろ。勘定の方々になんと言われる……責任を問われるのは、お前の指導を任されているわれわれ三人だ」

「お許し下さいませ。改めて、改めて、筒井嵯峨をお持ち致しますゆえ」

「遅いわ！」

武兵衛は、あろうことか、菊馬の胸倉を摑んで、引き上げた顔に唾を吐いた。

「くっ」

菊馬の顔が怒りにゆがんだ。

「どうした、やるのか……やれるならやってみろ」

菊馬が武兵衛にむしゃぶりついて行く。だが次の瞬間、菊馬は縁の下に転げ落ちた。

離れ座敷の不隠な様子に清七が立ち上がったその時、

「お止め下さいませ！」

廊下を女将が走って来た。

女将は、菊馬を庇うように手をつくと、

「他のお客様にご迷惑です。何があったのかは存じませんが、どうぞ、もう少しお静かにお過ごし下さいませ」

「女将、その男を庇うのか」

言ったのは喜多川伝蔵だった。ねっとりとした目が女将をにらみ付けている。

「庇うとか庇わないとかの話ではございません。ここはお武家様がたが諍《いさか》いをする場所ではございません」

「何、そなた、武士に意見を申すか」

「お武家様も一家の主なら、わたくしも、この美濃屋の主、我が家を荒らされて黙っている訳には参りません。お気に召さないのならお引き取り下さいませ」

きっぱりと言った。

「何……無礼者め！」

岡村忠五郎が床の間に走って、刀掛けから、荒々しく刀を摑んで戻って来た。

「斬ってやる、そこになおれ！」

刀の柄《つか》に手を掛けた。

「止めろ！」

その腕をむんずと摑んでねじ上げたのは、飛び込んで来た清七だった。

「いててて、何をする！」

「先ほどから見ていたが、立派なお武家様のする事ではございません。女将のいう通り、このままお引き取りを」

ぐいと更にその手に力を込める。

「いててて、放せ」

「それとも、私と手合わせ致しますか。私も少しは剣が出来る。さて、どう致します」

武兵衛の顔を睨み、伝蔵の顔を睨み付ける。

「お武家様の名は、調べればすぐに分かります。これより静かに、お帰り下さればよし、そうでなければ評定所に訴えてもよし」

「何、貴様、何者だ！」

伝蔵が言った。

「絵双紙屋の紀の字屋と申します。ご覧の通りの一介の町人です。町人ですが、弱い者をいたぶるのを見るのは大嫌いな男です。私を見くびらないほうが良いかと存じますが……」

更にねじ上げて、忠五郎の腕が妙な音を立てた。

「た、助けてくれ。喜多川さん、頼む」

「ほう、あなたさまは喜多川さんか……勘定の喜多川さんだ」

清七が苦笑して言ったその時、

「くっ……」

伝蔵は拳を作って歯ぎしりしていたが、

「帰るぞ」

床の間に走ると、刀を摑んで足早に座敷を出て行った。武兵衛もあわてて床の間から刀を持って走り出てきた。

清七は忠五郎の腕を放してやった。

すると、忠五郎も武兵衛も、足をもつれさすようにして喜多川伝蔵の後を追う。

「待て」

清七の声に、ふたりはぎくりとして立ち止まった。

「念を押すが、今夜この場であった事は他言しないほうがいいな。先ほど申したことにもうひとつ加えれば、一介の町人に腕をねじ上げられて戒めを受けたと知られれば、お家の存続も難しいのじゃないのかな。それより、こちらのお武家の志を素直に受けられて、この場をおさめられることだ」

「わ、わかっておる」

武兵衛が喚いた。

「わかっているのなら、忘れ物があるのではございませんか。ほら、膳の側に置いてある鶴屋の菓子折、せっかくの手土産を忘れては、この場をおさめたということにはなりませんぞ」

「ううっ」

悔しさで顔を二人は歪めたが、武兵衛も忠五郎も、またどたどたと座敷に入って、先に出ていった伝蔵の分の菓子折も抱えて出て行った。

「お見苦しいところを……私は勘定見習い、大野菊馬と申す者です」

菊馬は、清七に頭を下げた。

三

「旦那、あっしは、ちょいとそこで煙草を吸ってきやす。旦那たちで店も今夜は終《しま》いにしやすので、ゆっくり飲んでいって下さいやし。何、うちのかかあが、家の中で煙草を吸うのをいやがりやしてね、亭主になんて事言うんだ、張り倒してやろうかと思うんですが、かかあに家を出られちゃあ、この先心細い、しょうがねえから、店を終う頃に、たっぷり吸って帰るんでさ」

屋台の酒売りの親父は、聞かれもしない愚痴をこぼすと、腰の煙草を握りしめて柳原土手に向かった。

刻は夜の四ツ近くだ。人通りも流石に少ない。

清七たちは九段下の美濃屋からの帰りだが、ここ八ッ小路の火除け地まで戻って来て、須田町の入り口で家路につこうとしていた酒売りを呼び止めたのだった。既に柳原土手は秋の気配、人気のなくなるのを待っていたかのように虫が鳴いている。

親父の姿は見えなかったが、虫の声のする土手に、ぽっ、ぽっと煙草の火が時折見える。

三人は虫の声を聞き、親父の煙草が発する心許ない火を見ていたが、

「嫌なものを見ちまったな」

与一郎が呟いた。

「まったくだ。清さん、清さんは紀の字屋の主になって良かった。ああいう世界では清さんは生きられねえよ」

今度は小平次が、しみじみと言った。

ここから大通りを南下すれば、清七の住まいの十軒店《じっけんだな》、そして紀の字屋がある日本橋に辿り着く。

だが、清七たちは、まっすぐ帰る気がしなかったのだ。誰が言い出すともなく、うらぶれた酒売りの屋台に足を止めたのだった。

「飲んで忘れよう。明日がある」

清七はそう言ったものの、美濃屋で起きた見苦しい事件が頭から離れなかった。連中が父親の長谷半左衛門《はせはんざえもん》と無縁ではない勘定の連中だった事も清七の心を乱していた。

大野菊馬は、あの後、美濃屋の女将に詫び、清七たちに頭を下げて、悔し涙を飲み込んでいた。

菊馬の話によれば、今日美濃屋で接待していたのは、菊馬が配属された部署の先輩達で、名を喜多川伝蔵、楠田武兵衛、岡村忠五郎と言った。

出仕しはじめて間もないが、武兵衛と忠五郎から暗に挨拶がわりの接待をしろ、料理屋は美濃屋でもいいが、酒はこれ、菓子はここがいいなどと注文をつけられた。

菊馬は御年二十一歳、病の床についた父から家督を譲られたが、父の代からの小普請暮らし、まさか勘定所に入れるとは夢にも思わなかったが、十四の頃から勘定に勤める神田了衛《かんだりょうえ》という人の所に通い、関流算術を習ってきた。

「もはや太平の世、剣術よりも算術がものを言う時代だ」

父親がそう言って、家計をやりくりして、了衛のところに通わせてくれたのが功を奏した。

小普請の組頭から、近々勘定所で人員を補充する、筆算吟味の試験に通れば採用してくれるが、やってみるかと打診され、千載一遇の機会だと願書を出した。

そして試験は行われたが、菊馬は手応えを感じていた。

病床の父親は、床の中で手を合わせて、長年の無役から脱出できる、自分の目の黒いうちに御役を貰えるかもしれぬと、息を殺して我が息子の出仕を願っていた。

期待どおり、菊馬は採用された。

ただし、勘定ではなく、その下僚の支配勘定の見習いだった。それでも小普請から久々に試験で採用されたという事は画期的なことだった。

なにしろこの年嘉永二年、勘定では定員が二百十五名と改められた。それまでは寛政八年から二百三十二名だったのだが、様々な理由で人員不足になり、そこを支配勘定を年々増やして補おうとしたのである。

支配勘定の定員は、天保九年から六十五名となっていて、今回の試験で採用する勘定所の役人は、勘定五名と支配勘定十五名の狭き門だった。

とはいえ、菊馬の身分は見習いである。しばらく手ほどきしてみて使えないようなら解任もあるという事だった。

見習いの期間を無事過ごせるかどうか、その期間が明白に定められている訳ではないから、外から入った菊馬などは緊張のしっぱなしである。

と言うのも、試験を受けて入った十五名の者のうち、菊馬のように小普請から入った者は他にはいなかった。

勘定も支配勘定も、九割方が親が勘定所に勤めている嫡男や部屋住みの者たちだった。

部屋住みの範疇は、親が勘定所に勤めている家の次男三男、それに嫡男であってもまだ家督を継いでいない者をいう。

むろん、父親が今は別の役所に勤めている者もいるらしいが、それだって昔勘定所に籍があった者の倅《せがれ》である。また幕閣の用人の側に勤める役人の倅もいた。

勘定所は幕府機能の全ての部署が掌中にあるといっても過言ではない。しかも、他の役職から比べれば、思わぬ出世も出来るから、家禄の低い者たちには、立身を夢見る格好の部署なのだ。

ただ、菊馬は、支配勘定の部屋では、異色の見習いだったのには間違いない。

だからかどうか、菊馬を見る視線は冷たかった。

同期に採用された他の者たちには、こちらが僻《ひが》んでそう見えるのか、手取り足取り、先輩の指導も緩く優しいように見えた。

すぐに先輩ともうちとけて、最初からここに勤めているかのように振舞っている。

ところが、菊馬は、挨拶の仕方、手の付き方、先輩への配慮の仕方などなど、いちいち難癖をつけられて、毎日歯を食いしばって過ごす有様、その指導役が、接待をしろと迫ったあの三人だったのだ。

「お侍さんに私たちが申し上げる言葉ではございませんが、菊馬さま、ご辛抱をなされませ」

清七は言った。

見るに見かねて三人を痛めつけたが、かえってそれが、今後菊馬いじめに繋がらないか案じたのだ。

「私は命を助けていただいたと思っております。あれ以上屈辱を受ければ、どうなっていたかしれません。仮にこの先、今日のような目に遭っても、私は、母のためにも、病に伏す父のためにも、がんばりぬく覚悟を、改めて致しました。清七どの、恩に着ます」

菊馬は、きっぱりとそう言ったのだった。

薄闇の中に、屋台の親父が、ひょこひょこ近づいて来るのが見えた。

「明日も頼むぞ」

清七が手にある酒を飲み干すと、

「任せておけって、なあ、小平次兄い」

与一郎が言った。

「決まってら。今日の清さん見てて、あっしはますますほれぼれしやした。小気味いいねえ」

小平次も白い歯を見せて笑った。

二日後の夜、清七たちは九段の坂の上に立った。

驚くほど人が出ていた。広場には月が出るまでの闇を照らすぼんぼりが立ち、そのぼんぼり近くに茣蓙《ござ》など敷いて、あちらでもこちらでも宴会が始まっていた。

ぼんぼりの中には美濃屋の屋号の入ったものもある。

と見渡していると、美濃屋の仲居と海老助たちが、てんでに塗り重箱を持って坂を上がって来た。

そして茣蓙の上で酒を飲み始めている人たちのここかしこに、その重箱を配って行く。

「なあるほど、美濃屋のご贔屓筋が来ているんですね」

小平次が感心して言った。

「清七さん」

その時、後ろで声がした。

振り向くと鶴吉が、ぺこりと頭を下げて言った。

「どうぞ、月見の席を用意していますよ」

「ありがたい、二十六夜の月見が出来るのは早くても丑の刻を過ぎた頃だ。こんなところに立って人の宴会ばかり見てるのはつまらん。鶴吉さん、酒もあるんだろうね」

図々しい与一郎だ。

「はい、もちろんです」

鶴吉は、美濃屋のぼんぼりがぶらさがる一画に案内してくれた。

「月が出るまでは長いですよ。どうぞごゆるりと……」

鶴吉が帰って行くと、与一郎がまず待ってましたとばかりに、清七と小平次に酒を注いだ。

酒は一升の化粧樽が置いてあり、重箱には、れんこんや里芋、こんにゃくなどを煮染めた物や、かまぼこ、たまご焼き、珍しい物では刺鯖、ずいきのごまあえなど、ぎっしりと並んでいた。

「それはそうと、清さん、美濃屋の女将だが、あれだけの美貌だ。なのに亭主もいないようだが、何故だか知ってるか」

与一郎が謎かけをするように、思わせぶりな視線を投げてきた。

「いや」

「俺が海老助に聞いた話では、昔、昔と言っても十何年か前の話らしいが、命をかけるほど惚れあった人がいたらしい」

にやりと笑った。

「またまた、与一郎、お前は何を調べているんだ……お前の調べる事はそういう事ではないだろう」

小平次がまたかとあきれ顔をする。

「小平次兄い、分かってるよ。だけど、気にならないか」

「別に」

「ちぇ、よく言うよ。兄いのあこがれのおふくさんと同じ名だぞ、美濃屋のおかみさんは」

「与一郎」

小平次が慌ててたしなめた。心なしか頬が赤い。

「まあまあ、与一郎、そのくらいで止めておけ」

清七が言ったその時だった。

「お許し下さいませ」

女の声がした。切羽詰まった声だった。

目を凝らすと、往来になっている広場で、若い女が地に手をついていて、それを見下ろす武士がいる。

「刀は武士の魂だ……それを、なんだ……わざと触ったな」

「とんでもございません。よそ見をしていましたので気付かなかったのでございます」

女は必死に弁解している。俯いている頬も、ついている両手も色白の女である。町家の娘だった。

「ほんらいなら無礼打ちだぞ」

脅すようにいう男の声に、三人は覚えがあった。

「あいつだ……」

与一郎が思わず口走った。三人はあきれて見合ったのち、立ち上がった。

「この通りです。命ばかりはお助け下さいませ」

懇願する娘に、武士はねっとりとした声で言った。

「何、今宵は月見だ。こっちも無粋な事は申さぬ。そのかわりだ、こっちに来て酌をしてくれ」

はっと顔を上げた娘のなまめかしい顔……夜目だからか、瓜実顔《うりざねがお》の美人である。

「来い」

狼狽する娘の手をむんずと取ってひっぱり上げたのは、なんと美濃屋で大野菊馬を虐《いじ》めて愉しんでいた楠田武兵衛だった。

「お許し下さいませ、お放し下さいませ」

娘はあらがうが、武兵衛はますます意固地になった顔で、引っ立てようとする。

よくみれば、武兵衛の向こうの薄闇には、にやにやして見ている喜多川伝蔵と岡村忠五郎の姿も見えた。

「どうしようもねえ奴らだ」

小平次が言い終わらぬうちに、清七はつかつかと娘と武兵衛の側に歩み寄った。

「な、なんだ貴様！」

ぎょっとしたのは武兵衛だった。

「放してやって下さいませんか」

「き、貴様……また邪魔するのか」

「いいえ、今夜は無礼講、せっかくの月待ちの夜が台無しになってしまいます」

「き、きさま……」

「お願いします」

清七は、武兵衛の腕をぐいと摑んだ。娘には気付かれないように、摑んだ指先にぐいぐいと力を込める。

「くっ……好きにしろ！」

武兵衛はしびれた腕をふり払って、くるりと背を向けて去った。

「ありがとうございます」

清七は腰を折って武兵衛を見送った。

「危ない！」

与一郎が、慌てて娘を抱きかかえた。

「すみません」

娘は気を失いかけたが、一瞬のことだったようだ。

「いいんだ。危ないところだったな。一人で来たのか……連れは?」

与一郎は、辺りを見回した後、娘の顔を窺った。

「一人です。人を待っていたんです」

「人を……」

与一郎は、ちょっぴりがっかりしたようだった。清七にちらと走らせた目が言わずとも語っていた。

「しかしもう遅い。良ければ私たちの莨蓙で待ってはどうですか。一人でいると、またよからぬ者が近づいてくる」

清七が言った。

「すみません、お気遣い頂きまして、でももう帰ります」

「しかし、それじゃあ相手の方ががっかりしますぜ」

今度は小平次が言った。

「いいえ、もういらっしゃらないと思います。いいのです、これで……」

寂しげな顔で娘は言った。

三人は顔を見合わせるが言葉が出ない。

「ありがとうございました」

娘はもう一度頭を下げると、くるりと背を向けた。

「待ちなさい」

清七が呼び止めて言った。

「夜更けている。一人では危ない。送って行こう」

「ちょっと清さん、送り狼にならないで下さいよ」

与一郎がすかさずにくまれ口を入れる。

「馬鹿、俺をお前と一緒にするな」

清七は一喝したが、娘は、

「駕籠が中坂にたくさん集まっています。それを拾って帰ります。わたし、おるといいます。家は神田の鍋町ですから、そう致します」

もう一度頭を下げると、ぼんぼりの灯の、薄闇の中に消えて行った。

「清さん、あの娘、きっと、いい人を待っていたんですよ。あんな娘に待ちぼうけをくわせやがって……」

与一郎は見送りながら、未練たっぷりに呟いた。

四

紀の字屋の軒先には雨が落ちていた。

秋の雨は、ひと雨ごとに気温が下がる。今日は昨日に比べると驚く程涼しかった。

雨は、何枚も軒先にぶらさがっている『切り絵図販売、一枚百文』の紙を濡らしはじめていた。

「忠吉、早くしまってくれ！」

店の中から忠吉を叱る手代の庄助《しょうすけ》の声がした。

「へーい」

忠吉が走り出て来た。

両手に空き樽を抱えて出て来ると、それに乗って、軒に吊ってある張り紙を外していく。

「ちぇ、怒鳴らなくってもいいのにな。庄助さんはもう少し優しい人だと思っていたのに、近頃は怒鳴ってばっかりだ」

ぶつぶつ言いながら、紙を取り外し、元気よく店の中に入って行った。

「破っちゃ駄目だぞ。濡れてるのなら乾かしておくんだ」

庄助は客の相手をしていた手を止めて、店の中に入って来た忠吉に言いつけた。

「へーい」

忠吉は返事をすると、首を竦《すく》めて舌を出した。

庄助が近頃自分に当たり散らす原因が分かっているのだ。

ひとつは、庄助より忠吉の方が、切り絵図を売るのがうまかった。

忠吉は庄助の倍は売っている。それでおゆりにも褒めてもらったのだ。

もうひとつの原因は、一日の売り上げをおゆりと計算するのが忠吉たちの日課だが、忠吉はそろばんが早い、とおゆりが藤兵衛に話してくれていたらしく、藤兵衛から古いそろばんを貰ったことだ。

庄助だってそろばんはあてがわれているが、それは店のそろばんで、庄助の物ではない。

忠吉はその庄助が使っているそろばんを借りて計算していたのだが、それでは不便だろうというので、藤兵衛が昔使っていた、左の角が少し壊れた物をくれたのだが、庄助はそれが気に入らないようだった。

だが、忠吉は庄助のやっかみなどで、いじける子どもではない。

「そうだ、庄助さん、道中すごろくが三枚売れたからね。近江に帰る呉服屋の手代さんが買ってくれたんだ。おみやげだって」

忠吉は、かいがいしく働く。その視線は、時折店の奥にいくのだが、今日は天候の加減で清七たちは調べにはいかず、皆店にいるのが忠吉にはなんとはなく嬉しかったのだ。

「訪ねてくるお客さんはまず、切り絵図に興味を示してくれますが、だからといって誰でもが買い求めてくれるという訳ではありませんから……」

忠吉が気にしている奥の部屋では、おゆり、清七、与一郎、それに小平次が、真剣な顔を並べて相談の真っ最中だった。

「ただ、他の商品、たとえば絵双紙とか浮世絵などに比べると、まだ数は少ないですが、お客さんの興味はとてもあるように見受けられます。手にとってふところ具合と相談しているのを見かけます。なにしろ、絵双紙が現在、二十四、五文から、三十二、三文、一枚摺りの美人画、役者絵が二十四、五文ですから、切り絵図の一枚百文というのは、欲しいけれども、少しかんがえてから買い求めたい、そんな感じでしょうか、今のところは……」

おゆりは言い、清七たちを見渡した。

「だけど、これ以上安くはできん、手間がかかってるし、紙だって、絵具だって、良い物をつかってるんだ」

与一郎が言う。

「分かっています。値段は安くする必要はないと思います。私は次の切り絵図から、百二十四文で売りたいと考えているくらいですから」

「売れるかな」

清七が組んでいた腕を解いて、おゆりの顔をとらえた。

「ええ、初摺りで、しかも、販売しているのはうちの、この日本橋のお店だけです。それでももう、摺った半分は売りましたからね。もっと売るために……」

おゆりは、後ろに手を回して、紙箱を前に出し、その中からいくつかの切り絵図広告の紙札、箇条書きにした切り絵図紹介の文言を皆に見せた。

「これから、紀の字屋の包み紙には、切り絵図広告の絵と文を入れます。それから、御府内の主な絵双紙屋さん、本屋さんに、切り絵図を置いていただくようにしたいと思っています」

「しかし、それはどうかな。同業者が出板した物を、店の棚に置いてくれるだろうか」

清七は言った。

清七なりに、江戸の出板の様子は調べているが、皆しのぎを削ってあの手この手を尽くしているというのに、紀の字屋が摺った切り絵図を置いてくれるかどうか疑わしかった。おゆりの熱意は分かるが、少し無理があるのじゃないかと咄嗟に思った。

「ただで置いて下さいとお願いする訳じゃあ、ありませんから」

おゆりは、自信満々の声で言った。

つまりおゆりの考えは、こうだった。

切り絵図は紀の字屋の店内でも、依頼先の絵双紙屋や本屋でも、百二十四文で売るが、他店で売った場合は、そのうちの二十四文は売った店の手数料としておさめる。

また、他店が出板した本なり絵双紙なりを、紀の字屋の店にも置いてやる。

紀の字屋は立地が良い。旅に出る人、帰省する人の出発点だ。土産物として紀の字屋で様々求める人は多く、他店は喜んで置いて欲しいと言うに決まっている。

おゆりは話し終えると、上気した顔で清七を見た。

「ふむ」

清七は、おゆりの生き生きとした目がまぶしかった。思いがけずどぎまぎしたが、すぐに顔を引き締めて頷いた。

「よし、やってみよう」

与一郎も小平次も頷いた。

「よかった」

おゆりは、胸の前で両手を合わせるようにして喜んだ。

藤兵衛のいい人、籠の鳥だと、そう思って二人の仲に立ち入らないようお互いが暗黙のうちに了承している清七たちだが、こうしておゆりと話していると、まだ男を知らない生娘のような初々しい輝きが残っているのを感じる。

「いや、実は私も考えていたんだが、貸本屋の周助《しゅうすけ》などにも持たせて売って貰えればいいんじゃないかと……」

「それはいい、周助は客あしらいがうまい。周助に見本を持たせて注文をとって貰うといいい」

小平次が手を打った。

「確かに……あいつは武家屋敷に入り込んでいる。土佐藩の武士たちのように、欲しい武士はいっぱいいる筈だ」

与一郎も頬を紅潮させて言い、

「ようし、忙しくなるぞ」

拳を作って力んでみせると、おゆりが言った。

「では明日から、皆さん本屋、絵双紙屋さんにお願いしてみて下さいね」

翌日早速清七たちは、往来の多い場所に暖簾《のれん》を張る書物問屋、地本《じほん》問屋、絵双紙屋などを、切り絵図調べの合間に少しずつ手分けして当たることになった。

清七はこの日、神田に用があったおゆりと連れだって、まず南伝馬町の蔦屋《つたや》に頼み込み、続いて本石町《ほんごくちょう》十軒店の層山堂、通新石町《とおりしんこくちょう》の須原屋、通鍋町の柏屋と当たってみた。

大きな本屋ほど敷居が高く、木で鼻をくくったような返事がかえって来た。書物問屋で快く引き受けてくれたのは、蔦屋だけだった。

本家の初代の蔦屋重三郎《じゅうざぶろう》は斬新な発想で、次々と注目の出板を重ねてきた人である。それだけに紀の字屋の取り組みには、並々ならぬ興味を示してくれたようだった。

快く引き受けてくれたのは、やはり絵双紙屋仲間だった。同じ絵双紙屋の紀の字屋が、全く新しい出板に手を着けたと羨望の的だった。

出板の世界は、読本を扱う書物問屋と絵双紙屋は、互いに牽制してきた感がある。

それだけに、絵双紙屋の仲間達は紀の字屋をうらやむ反面、絵双紙屋を背負って立ち、読本屋をうならせて欲しいとも一方では思っているようだった。

「おやっ」

清七は、神田鍋町の路上で立ち止まった。

「何か……」

おゆりも立ち止まって、清七の視線を追った。

その先には、一人の女が、店先で数人の男達に頭を下げていた。

店の暖簾には、山に笹の字が白抜きしてある。看板には『小川屋』とあり、店先に見えている商品から、店は帳屋だと知った。

そして女は店の者らしいが、その女に厳しい顔で男達が迫っているのが遠目にも分かった。

よく見ると、男達の中には、脇に大福帳のような帳面をいくつも抱えている者もいた。

「おるいさんだ……」

清七は呟いた。

「おるいさん？」

聞き返すおゆりに、清七は言った。

「先夜九段の坂の上で会った、おるいという娘さんだ」

おるいは、腰を深く折って何度も男達に頭を下げている。

「様子がおかしいですね」

おゆりが言ったその時、おるいはついに土下座した。しかし男達は、土下座したおるいを頭ごなしに怒鳴りつけている。

清七は、ゆっくりと近づいて行った。俄に険しい顔になっていくのが、自分でも分かった。

「何があったか存じませんが、それぐらいで許してあげてはどうですか……人の目もある」

清七はおるいを庇うようにして立った。

「な、なんですか、あんたは」

中年の男がいきり立った。どこかの店の番頭のようだった。

「通りかかった者ですがね、娘さんに土下座させるなんて光景はみたくありません」

言いながらちらとおるいを見ると、じっと手をついたまま、耐えている様子だ。

「ふん、小川屋に関係ない人間なら、ひっこんで貰いましょうか」

今度は別の男が言った。こちらは上物の着物を着ているところを見ると、どこかの店の若旦那というところだろうか。

「そうはいきませんな。見苦しいとは思いませんか……大の男が娘を取り囲んでいたぶっているようにしか見えませんが……」

物言いは穏やかだが、清七の目は険しい。

「……………」

男達は清七の迫力に後ずさりした。そして袖を引き合ってから、若旦那風の男が、おるいの頭上に怒声を投げつけた。

「また出直してきます。いいですか、約束は守って貰いますよ」

それを潮に、男達は怒りを残して帰って行ったが、足音が遠ざかると、土下座していたおるいのすすり泣きが聞こえて来た。

「もう帰りましたよ、さあ」

おゆりが手をさしのべると、

「すみません」

小さく言って立ち上がったが、清七を見て、あっと息を呑んだ。

「あの時の……」

「どうしたんです、何があったんですか」

清七の問いかけに、おるいは困惑しきった顔で店を振り返ると、はたはたと風に揺れている小川屋の暖簾に視線を走らせてから言った。

「おとっつあんが亡くなって、店を手放すことになったんですが、たくさん支払いが残っていて、それで……」

「……」

清七は、おゆりと見合って絶句した。

とにかく中に入った方がいい……清七とおゆりは、呆然と立つおるいを支えるようにして店の中に入った。

足を踏み入れた清七は、荒らされた店の中を見て、俄に胸が痛くなった。

「奉公人には暇を出しました。お店の品物は、みんな持っていかれて、もう家の中には何もありません……今家に残っているのは、臥せっているおっかさんと私だけ」

「……………」

掛ける言葉も無かった。どうしてやる事も出来ないと思った。

清七には、おるいに何かしてやれるような財力はない。だが、このままおるいを放って帰って行くことも出来ないと思った。

「私の力の及ばぬところかもしれないが、今日は紀の字屋のおゆりさんも一緒だ。何か役に立てることがあるかもしれない。どうだね、話してみないか、話せば少しは気持ちが楽になる」

おるいを上がり框《がまち》に座らせると、清七は言った。

「……………」

おるいはしかし、口をつぐんで応えなかった。他人に何を言っても詮無い事だと思っているのかもしれなかった。

おるいは、やがてぽつりと言った。

「お話ししても、お二人に私の気持ちは分かる筈がありませんもの」

「確かにな……分かる筈はないかも知れん……だがひとつ言えることは、何人《なにびと》も、何もなくて生きている訳ではない。うちの店の、忠吉という小僧だってそうだ。並々ならない辛苦をなめてきている。だがそれでも、頑張っている。小さな体だが、懸命に生きているのだ」

清七は、忠吉のこれまでの苦労を話してやった。

おるいの失望にくれた顔に、少し光が差してきたように思えた。

「おるいさん」

優しい声がおるいを呼んだ。おゆりだった。おゆりは清七が話している間、おるいの顔を見詰めながら、おるいの手をじっと握っていたのである。そのおるいの手を握りしめたまま、

「おるいさんだけじゃない、みんな何か辛いことを背負っているのだと思いますよ。私だってそう、あなたと似たようなものですから……でもこうやって、みんなから支えられて生きている、だから元気を出して……」

その言葉に清七は胸をつかれた。

おゆりは、老境に入った藤兵衛の世話を受けている身だ。何もなくてそんなことになったとは思わなかったが、私もおるいさんと一緒だというおゆりの言葉には、おゆりの生いたちにあったらしい何かを暗示する生々しい響きがあって、清

七をどきりとさせた。

これまで、清七はおゆりの暮らしを垣間見て来たが、おゆりにそんな昔があるなどとは想像できなかった。

それほどおゆりの、白くふっくらとした頬は、不幸とはほど遠いものに見えた。

おるいは、おゆりの言葉を聞いて小さく頷いた。そして言った。

「私、一人で悩んでいました。おっかさんがいなければ大川に身を投げていたかもしれません。この悔しい気持ち、聞いていただけますか」

おるいの話によれば、七日前のこと、父親が急に倒れて医者を呼んだが手遅れで、あっけなく亡くなった。

母は衝撃のあまり、その時から寝付いてしまった。

店のことも何もかも、全ておるいの肩にかかってきた。半年前までは利助《りすけ》という番頭がいたが、父親ともめて店を辞めている。

これからこの店をどうすればいいのか……悩む暇もなかった。

父親の葬儀が済まないうちに、日本橋から金貸しがやってきたのである。

父親に貸した金三百両を即刻返せというのであった。

証文には確かに父親の筆跡と印が押してあったが、おるいの母親も手代たちも、借金の事など知らなかったのだ。

おるいは店の金を調べてみたが、金箱には五十両ほどしかなく、金貸しには平身低頭して帰って貰ったが、十日のうちに返済ができなければ店は貰う、そう言われて証文まで書かされたのだ。

金貸しが帰ると、すぐさま仕入れ先の人たちが、押し寄せて来た。

小川屋に卸した商品の代金を払って欲しいというのであった。

おるいは、手代たちに頼んで掛け取りに走ってもらったが、節季払いを今すぐに払ってほしいというのには無理がある。集めた金は三十両にもならなかった。

おるいは店を閉める決心をした。

奉公人は手代が二人、小僧が一人、台所女中が一人いたが、皆に精一杯の給金を払って暇を出した。

そして、残りの金で仕入れ先に支払ったが全てを払えた訳ではない。多くの借金が残った。

途方にくれているおるいの元に、あの金貸しから、いい話があると言ってきた。

深川の油問屋の隠居が妾を捜している。根岸に住んでいるが、その人の妾になれば、借金全てはその隠居が肩代わりしてくれると言っている、というものだった。

しかも母親の面倒も見る。母親は近くの長屋に住んで貰って、おるいが昼間は看病に通えばいい、夜は人を傭って見てもらえばいい、隠居はそう言っているというのであった。

悩んだあげく、おるいは、その隠居の妾になると返事をした。それが九段の坂に行ったその日の事だというのであった。

「根岸に行く前に、どうしてもお会いしたい人がいたものですから……」

おるいは、哀しげなため息をついた。

「その人とは、おるいさんのいい人なんだな」

「ええ」

恥ずかしそうに頷く。

「その後会えたのかね」

おるいは首を横に振った。

「そうか……すると、その人は、おるいさんの近況は何も知らないということか」

「はい……でももういいのです。よく考えてみると、お会いしてどうなるものでもございません。第一、あの方は、もう私のことなど忘れているに違いありません」

寂しげな頬をみせておるいは俯いた。

「その方には、何か事情があったかも知れないじゃありませんか」

おゆりが、おるいの顔をそっと覗く。

「いいえ、最初から私の独り相撲だったのかもしれません。だって、お武家さまですもの」

「お武家さま……」

「ええ、ふた月前のことでした。私、お武家さまのお屋敷に紙をお届けに参りましたが、その帰りに、二合半坂で雨に出会いました……」

傘を持っていなかったおるいは、袖を傘にして坂を駆け下りた。

だがその途中で、

「あっ」

おるいはけつまずいて転んだ。

立ち上がろうとして、下駄の鼻緒が切れているのに気付いた。歩こうとするが、足も挫《くじ》いているようだった。

――こんなところで……。

おるいは泣きそうになって下駄を拾い、ようやく立ち上がろうとしたその時、ふっと傘が差し掛けられた。

驚いて見上げると、若い武家が心配そうな顔をして言った。

「風邪を引くといけない。すぐそこに稲荷がある。そこの軒で休めばいい」

おるいはこの時、一瞬にして、体の中を熱い物が走ったのを感じていた。

恥ずかしかったが、その武家の手を借りて稲荷まで歩いた。

武家は稲荷に着くと、すぐに懐の手巾を取り出して引き裂き、それで下駄の鼻緒をすげてくれたのである。

結局二人は、雨が止むまでの一刻あまりをその稲荷で過ごした。

その時、九段の坂の上の月見の話が出て、是非その時に一緒に見よう、武家はそう言ってくれたのだ。

だが、おるいがそれですぐに、九段の坂の上に行こうと考えた訳ではない。

身分が違うし、雨が介在しての遭遇で、お武家とのつきあいなど、見てはいけない夢だと考えたからだった。

だが――。

「お店は潰れて……その上、人のお妾さんになると決まった時、私、一度でいい、あのお方とお月見をしたい、そう思ったのです」

おるいは顔を上げておゆりを見た。

武家との出会いを告白しているうちに昂揚したのか、頬が桜色に染まっている。

おゆりは、深く頷いて相槌を打った。そして、おるいの目を見詰めると、

「おるいさん、その方と会わないまま根岸に行っていいのですか」

きっぱりとした声で言った。

「……」

「心残りになるんじゃありませんか」

「でも、いまさら」

「いいえ、せめて一度お会いなさい。私がお使いにたちます。その人の名をおっしゃって下さい。お住まいは……ご存じでしょう」

おゆりは、まるでわが事のように言った。

「あのあたりのお屋敷だとは思いますが……」

おるいは、首を弱々しく振った。

「お名は？……まさか、お名も聞いていないという事はありませんでしょう」

おゆりは畳みかける。

「お名は、大野菊馬さま」

「大野菊馬！」

清七が驚いて声を上げた。

「ご存じですか、清七さん？」

おゆりが今度は驚いて聞き返した。

「知っている」

と言った清七の脳裏には、無様に土下座する菊馬の姿があった。

「いえ、いいんです。会いたくありません。もう会いたくないのです。どうせ私、金貸しの天野屋さんに連れられて根岸に行かなきゃならないんです。会わずに、ずっと覚めない夢をみてるのがいい、そう思うようになりました」

おるいは言った。寂しげな顔だが、迷いに迷ったあげく下した決心が垣間見える。

「おるいさん、いま、なんと言った……金貸し屋の事だ。天野屋といわなかったか」

清七がおるいの顔を、じっと見て訊いた。

「ええ、いいました。日本橋の金貸しというのが、天野屋さんです」

「……」

清七の顔が次第に険しくなっていく。

――天野屋か……。

清七には、その名に覚えがあった。

先日飯田町の中坂を調べていた時、聞いた名だった。

忠吉親子が営んでいた笹子屋を追い詰めたのも、日本橋の天野屋だった筈だ。

――どんな商人かしらないが、またひとつ店を潰すというのか……。

清七の胸には、天野屋に対する怒りがこみ上げていた。

五

「清さん、ちょいと見てくれ」

清七が紀の字屋の奥を覗くと、与一郎が手招いた。与一郎は台の上に何枚かの大きさの違う紙を広げて考えていたようだ。

「なんだ」

「これを見てくれねえか」

与一郎は、先月売り出した切り絵図一枚と、まだ線ひとつも描き入れていないまっさらな紙を清七の前に並べた。

ふたつの紙は、大きさや形がまったく違う。

「これは……」

怪訝な顔で聞き返した清七に、

「今度の、飯田町駿河台を描き込む小川町の絵図に使う紙を思案しているのだが、どうだろう……皆同じ寸法じゃなくてもいいだろう？……今度の場合は、かなり横長になる。縦は少し短くてもいいが、横に伸ばさなきゃ描き切れねえ」

「そうか……」

清七は、二つの紙をじっと見た。

「こっちの、先月出した紙は、縦が一尺六寸、横が一尺七寸八分だ。だが今度の場合は、牛込御門から昌平橋まで、すっぽり入れた方が見やすいと思うんだ。すると だ、清さんが入れてくれる文字入れにも関係するんだが、見やすさを考えると、やっぱりね。縦は一尺二寸ほどでいいと思うが、横は、二尺と五寸近くは欲しい」

与一郎は、横長の紙を手にとって清七の顔を窺った。

「わかった、それで行こう。絵図をどう配置するかの按配は、与一郎、お前さんの掛かりだ」

「じゃ、いいんだな」

「いいも何も、紀の字屋の地図は実測で配置する地図ではないんだ。ある物は大きくも描き込むし、まったく切り絵図上に描かれない場合だってあっていい。手にした人たちが、この切り絵図を手に、間違いなく目的地に行くための地図だ。与一郎、おまえさんの裁量にまかせる」

「清さん……」

与一郎は、熱い目で清七を見た。

「なんだよ、その目は」

「嬉しいんだ。広重先生んとこを追い出された俺が、こうして大きな仕事をさせて貰ってるんだ。今更だが、清さん、お前さんに感謝感謝だ」

「与一郎らしくもない。お前、近頃随分涙もろくなったんじゃないのか」

「馬鹿野郎、何言ってんだ」

二人は、見合って笑った。

清七もそうだが、与一郎も、この仕事を仕上げるまでは、きっと手を取り合って行く、そんな気概が二人の瞳の奥にはあった。

「ようし……」

与一郎が、勢いよく紙を摑んで立ち上がった時、

「清さん、いますか」

血相を変えた小平次が走り込んできた。

「どうしたんだ慌てて、水道橋じゃなかったのか」

清七は、腰をかがめて膝に手を置き、ぜいぜいと荒い息をしている小平次に訊いた。

「へ、へい、た、大変です。人殺しです」

「何……」

驚く清七の後ろから、与一郎が顔を出した。

「人殺しなんて、この江戸では日常茶飯事だ。何を驚いているんだよ」

「聞いて驚くな。あっしは今日はあの辺りの、稲荷小路を調べるつもりで行ったんだが、水道橋を渡ったところで大騒ぎになっている。それでそこに走って行っ

て覗いてみると、なんと、あの大野菊馬とかいうお侍を虐めていた一人が殺されていたんだ」

「何……」

声を上げたのは清七だった。

奥からおゆりも出て来て、小平次を驚いて見た。

「間違いないのか……どこで殺されていたんだ」

「三崎稲荷の境内です」

「三崎稲荷の……」

「水道橋近くの、御堀端ですね。辻番所が東側にある」

おゆりが言った。

この稲荷は、武家では評判の稲荷だった。参勤交代の折には、ここで諸侯は道中の安全を祈願していた。むろん庶民も旅立ちの時には肌守りを貰っていた。つまり良く知られた稲荷だった。

「私、きつねの嫁入りが出たって噂を聞いたことがあります」

「それですよ、おゆりさん。遺体を見付けたのは、稲荷のすぐ側にある三崎牡丹餅てぇ名物を作って売っている親父さんだったんですが、親父さんの言うのには、境内できつねの声がしたような気がして中に入ってみると、人が倒れていたっていうんですからね」

「まさかきつねが殺した訳ではあるまい」

「さあ……」

小平次は、首をひねってから、

「あっしが行った時には、辻番所の者たちもやって来ていやしたし、町奉行所の者も来ておりやした。で、結局身元だなんだと遺体を調べているうちに、屋敷の者だという中間《ちゅうげん》小者が走って来て、遺体を引き取っていきやした」

「殺されたのは誰だったんだ？……あの時の、三人組の一人だな」

与一郎が小平次に湯飲みを差し出して言った。湯飲みの中には台所から汲んできた水が入っている。

「すまねえ」

小平次は、湯飲みの中を覗いて水だと知って一気に飲み干した。口を手の甲でぐいと拭うと、

「あいつですよ、岡村忠五郎とかいう」

「で、誰に殺されたのか見当はついているのか」

与一郎は、矢継ぎ早に訊く。

「まだ分かる訳はねえだろうが……きつねというのなら話は早いが、まだ死体が発見されたばかりだ、犯人がすぐに分かる訳がねえ。あっしがこうして飛んで帰ってきたのは、ひょっとして、あの大野菊馬とかいうお人が嚙んでんじゃねえかと、それが心配で」

「確かにそうだ。あれだけひどいことをされたんだからな。清さん、どうする？」

与一郎は、小平次に向けていた顔を清七の方に振った。

「……」

清七は、大きく息をついた。

武家の生き死にに、町の絵双紙屋が関わる話ではない、と思っている。

だが、おるいから大野菊馬との話を一昨日聞いたところだ。

それに料理屋での一件もある。人ごとのようには思えなかった。

「清七さん」

おゆりは不安な眼差しを清七に向けると、促すように言った。

「ご存じなんでしょう……大野さまのお屋敷……」

「いや、私は知らぬ」

大野菊馬は、きっぱりと清七の問いを否定した。

そう言いながら、菊馬は後ろを振り返って、屋敷の塀の上にざわめく竹を見た。

美しく伸びた竹が強い風を受けて揺れている。青々として、まさに竹は春を迎えたばかりだが、秋の風にいとも心細げに揺れている。

菊馬の屋敷は、九段の坂から、まっすぐ市ヶ谷御門に抜ける三番町通りにあった。いわゆる番町と呼ばれている、どちらを向いても武家屋敷が建つ所だ。

その中でも菊馬の屋敷は微禄の家らしい簡素な造りだった。

「父が病に倒れて私が跡を継いでまだ一年です」

菊馬は顔を戻すと、しみじみと言った。

「清七さん、我が家の無役は、父の代からでした。それがようやく、勘定所に籍を置くことが出来たのです。確かに、支配勘定の見習いは手当てはわずか十人扶持です。でも私は、それでもいいと思っているのです。町人の清七さんには理解できないことかもしれませんが、父が代官所の属吏だった川路聖謨という人の出世をみれば明白、勘定所勤めは下級旗本にとって立身を現実のものに出来る、是非にも籍を置きたい役所です。苦労あってそこに入れたのです。私に期待して、それだけを楽しみにして臥せっている父の事を考えれば、今の私に無謀な行動はとれません」

「分かりました。お聞きしてほっとしました」

清七は笑みを浮かべた。だが訊きたいことはもうひとつあった。

「それはそうと、大野さまは、おるいという娘をご存じですか」

「おるい……」

菊馬の顔に動揺が走った。

「おるいさんが何か……清七さんはおるいさんを知っているのか」

「おるいさんとはひょんな事から知り合いになりまして……」

清七は、おるいと知り合った経緯と、今おるいがおちいっている苦境を掻い摘んで話してやった。

むろん、おるいが妾として囲われる話はしなかった。遠くに行くらしいと菊馬には言った。

すぐにどうにか出来る間柄ならともかくも、そもそも二人の間には、身分という越えられない垣根がある。

下手に深入りして助言したり煽りたてても、かえって二人を不幸にするのではないかという老婆心が働いたのだ。

「忘れていた訳ではなかったのですが……」

菊馬は、言いにくそうな顔をして言った。

「清七さんも知っての通り、私の一挙手一投足は、ずっとあの方たちに見張られています。九段下の美濃屋の一件もありました。あの日からまもない夜に、町の娘さんと九段の坂の上で会っていたことが知れれば、またどんな難題を持ちかけられるか、私は怖かったのです。それに、おるいさんに累が及んではと……」

菊馬の口調は、おるいへの思いやりにあふれていた。

おるいが菊馬を慕っている事は察しているが、菊馬も、清七が見たところ、おるいに深く心をよせていたことが分かった。

——妾の話はしなくて良かった。

清七は、冷や汗をかいていた。

正直なところ、菊馬に会うまで、おるいの事をどのように告げようかと、おゆりに促されながらも思案していたのである。

おゆりはあの時、

「せめて、おるいさんの気持ちを伝えてやっていただけませんでしょうか」

まるでわが事のように清七に頼んで来たが、それすら清七は迷っていた。

「ただ……」

菊馬は言いよどんだ。だが大きく息をつくと、

「私はまだ武士として半人前です。私の肩には、家を存続させるという責任がかかっています。生半可な気持ちでおるいさんに会ってはいけない、真険に考えれば考えるほど、そう思ったのです」

「……」

「おるいさんに伝えてくれませんか。私のことなど忘れてくれと……幸せを祈っていると……」

「分かりました。おるいさんもこのように言っておりました。会えなくてもいい、会えないことで、ずっと甘い夢をみていられるからと……おるいさんも、大野さまのお立場は分かっています」

「……」

菊馬は大きなため息をついた。言葉が見つからないようだった。

だが何か言いたそうに顔を上げると清七を見た。と、その顔が一瞬にして凍り

付いたのだ。

菊馬の視線は清七のうしろに向けられている。

清七は、はっとして、振り返った。

すると、羽織袴の武士が二人、ゆっくりと近づいて来るではないか。武士は、殺気をみなぎらせている。なんと二人は、喜多川伝蔵と楠田武兵衛だったのだ。

凝然として見迎えた菊馬と清七の前に二人は歩み寄ると、

「ふん、またこの男か。菊馬、まさか、どうやって罪を免れようかという相談ではあるまいな」

喜多川伝蔵が皮肉たっぷりな言葉を投げつけてきた。

「何の話でしょうか」

菊馬も毅然として返した。

「何の話とはよくもまあとぼけたものよ、岡村忠五郎を殺したのはお前じゃないのか」

今度は楠田武兵衛が言った。その目は、険しい光を放って菊馬を見据えている。

「何故私が岡村さんを殺す必要があるのでしょうか」

「それはお前の胸に訊くことだな。その胸に、俺たちへの恨みが、ひとつもないとは言えまい」

「楠田さん、私はたとえ恨みがあったとしても人殺しは致しません」

「あくまでしらを切るか。岡村をおぬしでなく、誰が殺すというのだ」

「知りません、本当に私の知らぬことです！」

「うるさい！」

どう責めても反駁してくる菊馬に癇癪を起こしたか、喜多川が怒鳴った。

口を噤んだ菊馬に、喜多川は言い放った。

「お前のその根性をたたき直して、本当の事を吐かせてやる。今日の六ツ、九段坂の上にある御用地に来い。剣で決着をつけようではないか。お前が俺たちに勝てば見逃してやるぞ、どうだ」

「斬り合いをしようというのですか」

「得物《えもの》は木剣だ。そう怖がることもあるまい。いいか、これはな、お役をつとめる者の情けだ。お前を黙ってお目付に引渡すのは忍びがたい。俺たちの情けだ、そう思え」

言い放つと引き返そうと踵《きびす》を返した。

その背に、

「私はいきません。私闘は禁止されている」

きっぱりと菊馬は拒絶した。

すると、二人はくるりとこちらを向いた。

「卑怯者め。貴様、それでも武士か」

喜多川は、歯を剝いて怒鳴った。

「卑怯者……」

菊馬の顔色が変わった。

「そうだ、臆したか……自分の罪が暴かれるのが怖いのであろう」

「………」

菊馬は拳を作って歯を食いしばっている。

「大野さま……」

清七は、菊馬を制すると、二人に近づいて言った。

「これも、お武家の世界の虐めですか。私闘で決着をつけようなどと、それが上役の情けだというのですか」

「何、町人、口が過ぎるぞ。俺たちは忠五郎を殺した奴を許せないだけだ」

「違うとおっしゃっていますよ、大野さまは」

「ふん、他に誰がいるのだ。大野に決まっている」

「大野さまじゃなかったら、どう責任をとりますか……あなたがたの言動を勘定所に訴えてもいいんですね」

「なんだと……」

喜多川が目を剝いた。

すると側から楠田武兵衛が言った。

「そこまでいうなら、ぁ奴が無実だという事を証明しろ。出来るか……出来まい」

小馬鹿にしたような言い回しで、清七の顔をなめ回すように見た。

「分かりました。私が大野さまの無実を証明します」

「よし、やってもらおうじゃないか」

楠田は言うや、喜多川と見合って笑った。そして、町人ごときが何を世迷《よま》い言《ごと》を言っているのだという顔で清七を見据えると、

「ただし、三日の間に証明しろ。長くは待てぬ。三日だぞ、三日のうちに、犯人を俺たちの前に突き出せ。それが出来ない時には、確か紀の字屋だったな、お前も容赦はせぬぞ」

赤く、濡れた唇をひくひくさせて、喜多川は言い放った。

六

「すまない、この通りだ」

店に帰ってきた清七は、与一郎と小平次に頭を下げて、三日の間だけ真犯人捜しに協力してほしいと頼んだ。

「気持ちは分かるが、清さん、まだまだ予定の半分も検分はすんでないんだぜ」

「分かっている。しかし、見てはいられないんだ」

「もしもだよ、もしも、調べて何も分からなかった時には、清さん、あんたもただではすまないよ。この店はどうなるんだ」

「……………」

「俺たちにゃあ、どうしようも出来ないことが一杯あるんだぜ。清さん、おまえさんはまだ二本差しで歩いているつもりか……そうじゃないだろ……清さんは町人なんだぜ」

「与一郎！」

側から小平次が制するような声を出した。

「お前、言い過ぎじゃないのか……今この店は、清さんの差配で動いているんだ。清さんは俺たちの主なんだ。その主に向かってご意見を並べようってのか。もともとはあっしが良くなかったんだ。誰が殺されようと清さんに言わなきゃ良かったんだ」

「おい、小平次」

「何、小平次と呼び捨てにしたな」

二人は、つかみかからんばかりの剣幕でにらみ合ったが、

「すまない、与一郎のいう通りだ。調べは私ひとりでやる。二人は続けて仕事に専念してくれ」

「清さん、誤解しないでくれ」

与一郎は膝を清七に回して言った。

「俺は、俺は、清さんが心配なんじゃねえか。せっかく三人で切り絵図を作ろうと決めた、その清さんに万が一のことがあってみろ。小平次兄いと俺で何が出来る……何もできねえよ」

「与一郎……」

「約束してくれ。この先あんまり首をつっこんで、危ない真似はしねえとな」

いつの間にか与一郎の声は、しみじみとした口調に変わっていた。

「分かった、与一郎、ありがとう」

清七は、与一郎の手を取って強く握った。

与一郎も握り返した。すると小平次の手がそれに重なった。

小平次は言った。

「そうと決まったら、やってやろうじゃねえか。なあに、三日あれば出来ねえもんでもねえ」

奥の部屋で、三人の話を藤兵衛が足をさすりながら、じっと聞いていた。側におゆりが座っている。

おゆりは、難しい顔をして聞いている藤兵衛の顔を時折覗く。藤兵衛がどんな判断を下すか案じている様子だった。

まもなく、三人の話し声が隣室から消え、

「庄助、忠吉、頼んだよ」

清七の声が店の方でしている。だがその声も、慌ただしく店の外に出て行ったようだった。

藤兵衛が、大きく息をついて体を起こした。

「わたくしも、余計な口を挟みました」

おゆりは藤兵衛に頭を下げた。

「手を貸してくれるか」

藤兵衛はおゆりに支えられて立ち上がると、

「何、これも勉強だ。確かに清七のやろうとしている事は商いにとっては寄り道だ。だがその寄り道が無くては成長もない。こちらは案じながら待つしかあるまい」

藤兵衛は、ゆっくりと歩を進めて、縁側に出た。

「お茶を入れてきます」

おゆりは藤兵衛を縁側に座らせると、台所に立って行った。

「……………」

藤兵衛は、庭に降る白い光を眺めながら、自分も若ければ、清七と同じように義憤にかられて首を突っ込んだに違いない、そう思った。

上からの命令に従って、その事だけに精力を尽くしていれば、絵双紙屋になる事もなかっただろう。

今でこそ、こうして年相応にゆったり構えているが、振り返ってみると自分も、正義感に燃え、義侠心に突き動かされ、血の気の多さも手伝って、結局武士を捨てることになったのである。

いや、捨てたのは武士だけでは無かった。親を捨て、姉弟を捨て、妻を捨てた。だが、

――後悔はしていない。

当時は持てるものの全てを脱ぎ捨て身軽になった感があったが、近頃になって、そうではない、と思うようになっている。

捨てたと思った血縁も、心底では切れてはいない。また失った切れたと思っていた当時の職務上の繫がりも、けっしてぷっつりと断ち切れてしまった訳ではない。

――遠い昔の話だが……。

誰も知らない、おゆりでさえ知らない己の昔の姿を、藤兵衛は暮れていく日の名残りの中で思い出していた。

「この、鳥居の側で倒れていたんですな」

「へい、お侍さんは、右手に棒切れをもちましてね」

三崎稲荷前で饅頭を売っている親父は、鳥居の側に自身で寝っ転がってみせた。

清七の訊ねることに口で説明するのは難しいと思ってか、親父は右手を伸ばして、鳥居にしがみつくようにしてうつ伏せになった。

死人の岡村忠五郎は伸ばした右手に、棒切れを持っていたという事らしかった。

「ふむ……」

どうしてそんな棒切れを持っていたのか清七には見当がつかない。

清七は、ふと思いついて、拳をつくると、その拳で、鳥居を叩いた。

こんこん、こんこん、乾いた木が出す軽やかな音が響いた。

「きつね……」

親父は清七の顔を見上げて、首を傾げている。

「親父さん、ひょっとして、この音をきつねの声だと思ったんではないのか」

清七は、親父の顔を覗いて言った。

「かもしれやせん」

親父は飛び起きると、

「すると若旦那、あの時は、あの旦那はまだ生きてたってことですかね。死ぬ間際に木刀で鳥居を叩いてあっしに知らせた。だけども運悪く息がとまって死んでしまった……」

目をしろくろさせて唾を飛ばした。

「いや、それは違う。鳥居を叩いたのは私だ」

やって来たのは、すぐ近くの、稲荷の東方にある辻番所の男だった。髪の毛に白いものが混じる初老の男で、穿いている袴も折のないよれよれの袴である。

「通りかかって男が倒れているのを見たが、ここは武家地とはいえぬ、稲荷だからな。それで親父さんに知らせたのだ。すまん、この年だ、煩わしいことは嫌でな」

なんとも怠慢な辻番ではないかと思ったが、清七は口を閉じた。

「ただ……」

辻番の男は、辺りを見渡した後言った。

「大きな声ではいえぬがな、ここの稲荷では、人気のない頃をみはからって時々高利貸しが金を貸している武士を呼び出して脅していることはあったな」

「何……もっと詳しく話してくれませんか」

清七は懐の財布を取り出すと、その中から一朱金をつまんで男の掌に握らせた。

「天野屋という金貸しの手下ですよ」

辻番の男は言った。

「何、天野屋……日本橋の金貸しですな」

「さよう。にっちもさっちも金策がつかなくなった武家を相手にしているらしいな……もっとも、天野屋は、返済が滞っても、取り上げる物もないような御武家は相手にしないと聞いたことがある」

一朱金の効力は、辻番の男の口を、いっそうなめらかに滑らせた。

その男の話によれば、天野屋はここ一帯の武家屋敷の侍に金を貸していて、返済が滞った侍を時々三崎稲荷に呼び出して脅し、別の金貸しを紹介して、そこから借りさせた金で貸した金の返済に充当させるという抜け目のないやり口で知られているらしい。しかも、

「殺されていた侍もその口だな。やくざな男と言い争っていた……またかと思って素通りしたのだが」

「何時のことですか、それは……」

「死体をここで見付ける前の日の夕暮れでしたかな」

辻番は、その話は町方の役人にもしたのだと言った。

清七は、すぐに三崎稲荷を後にした。

急ぎ足で日本橋を目指した。

紀の字屋の店も日本橋だが、天野屋というのは、日本橋の北側の高砂新道に店を持っているという。

「与一郎……小平次」

今川橋まで戻って来たところで、清七は与一郎と小平次が、前方から走ってくるのを見た。

「清さん、丁度良かった」

与一郎は、清七の袖をひっぱって、今川橋橋詰めの茶屋の腰掛けに座らせた。

「どうしたのだ」

怪訝な顔で清七は、興奮した顔の与一郎を見た。

清七の調べとは別に、小平次は町方の動きを、与一郎は殺された岡村忠五郎が女郎を身請けして両国東の横網町に囲っていると聞き、そちらを調べていた筈だった。

「天野屋が手入れを受けていますよ」

小平次は興奮した目で清七を見た。

「忠五郎殺しの件でか」

「そうです」

小平次は清七の目をとらえたまま頷いた。

北町の同心伊吹権平《いぶきごんぺい》の口からじかに聞き出したことだから、間違いはないと小平次は言った。

ただ、殺されていた場所が寺社地の範疇にあり、しかも殺されたのが武士だというので町奉行所による遺体の検視も十分ではなかったが、忠五郎が天野屋から金を借りていたという話から、一気に天野屋が探索線上に上ったらしい。

一方の与一郎は、横網町の妾に会って、忠五郎が妾を身請けするために、金の苦労をしたらしいという話を聞き、それで借金した先が、天野屋だったとつきとめたのだった。

清七よりも一足先に、別々にだが、与一郎と小平次は天野屋に走った。

ところがそこには、もう幕府の役人が来ていて、店の中は大騒ぎになっていたのである。

野次馬の者たちに話を聞いたところでは、中にいる役人は、町奉行所の者だということだった。

まもなくだった。三人の人相の良くない男が後ろ手に縛られて引っ立てられて出て来たのだ。しかも、それを指揮しているのが伊吹だった。

伊吹は、男達を引っ立てて出てくると、小平次に気付いて近寄って来た。そして小平次の耳元に囁いたのだ。

「殺《や》ったのはあの者たちだ」

その言葉を聞き、与一郎と小平次は、清七に知らせようと今川橋まで走ってきたというのであった。

奇《く》しくも、三人の調べは、申し合わせたように皆天野屋に行き着いたという事になる。

清七も三崎稲荷での調べを二人に話し、天野屋を探るために向かう所だったのだと告げ、

「いずれ、調べたことは伊吹の旦那に話さなくてはならないだろうが、まずは菊馬さまに知らせてやらなければ」

「急いだ方がいい。今日が三日目、ぎりぎりだったんだぜ。これでほっとした」

与一郎が言った。

「行ってくる」

清七は立ち上がった。

七

「紀の字屋、清七さん……暫時お待ちを」

大野菊馬の屋敷の中間は、清七の名を聞いて屋敷の中にすっとんで行った。

――何があった……。

その慌てぶりに嫌な予感にかられて待っていると、

「これをお渡しするようにと」

中間は封じ紙に入った手紙を清七に手渡した。

「私に……菊馬さまはいないのですか」

手渡された手紙から顔を上げて中間に訊くと、

「呼び出されてお出かけになりました」

と中間は言うではないか。

「なんですと……」

清七は、慌てて手紙を開いた。

数行の文字が書かれていたが、目を通すやいなや、清七は手紙を懐につっこんで走り出した。

手紙は、

――喜多川に呼び出されて御用地に行く――

書かれているのは、それだけだった。

――何故私の知らせを待てなかったのか。

清七は半ば腹を立てながら、九段の坂の上にある御用地に向かった。

御用地といってもいくつもあるが、たしか先日喜多川という男が菊馬に指定したのは九段の御用地だったと記憶している。

ただ、場所を変えていれば、菊馬を助けることは出来ない。清七は一抹の不安にかられたが、果たして、九段の坂の上の草むらの中に、男三人の姿を見た。

この御用地は、過去には火除け地になったり士宅になったり、吉宗時代には確か人参を作っていたこともあるらしいが、今は御用地となり、周囲に柵はめぐらしているものの、入ろうと思えば誰でも中に侵入できる。

今はすすきが穂を出し、ところどころに野菊や萩の花が見えるが、御用地全体を覆い尽くしているのは、背丈の高い茅《かや》だった。

茅は枯れる前に、近隣の武家屋敷から中間などがかり出されて、飼育している馬の餌にするために刈り取りに来る。

茅はまだ青かった。風になびく茅の海原に清七は走り込んで行った。

刹那《せつな》、真剣の激しく打ち合う音と、恐怖で発した奇声が聞こえた。

二つの影が打ち合って交錯し、一人が茅の中に沈むのが見えた。

沈んだのは体格からして菊馬に違いなかった。

「いかん」

清七が、必死に両手で茅を掻き分けて近づくと、蹲《うずくま》って肩を押さえ、荒い息をしている菊馬の姿があった。

「菊馬さま」

走り寄ると、

「来てくれたのですか」

菊馬は言った途端に、苦痛に顔を歪めて草の上に倒れこんだ。

「大丈夫ですか」

呼びかけた清七は、菊馬がしっかり頷いたのを見て、

「拝借」

菊馬の手から大刀をもぎ取って立ち上がった。

「どうするというのだ……町人のお前が俺たちに勝てると思うのか」

楠田武兵衛と喜多川伝蔵の血走った顔がすぐそこに迫ってきた。

「勝てるかどうかは知らん。ただ私は、人として見過ごしにはできん。相手になってやる」

清七は迫る二人に青眼で切っ先をぴたりと向けた。

二人の足が止まった。

「正直に白状せぬからだ。俺たちが成敗しなければ誰がする？」

「三日待つと約束した筈です」

「今日が三日目だ」

「菊馬さんは無実です。捕まりましたよ、岡村さんを殺した者たちは」

「何……」

「まもなく子細は判明するでしょうが、菊馬さんは人殺しなどしていない。その菊馬さんを事もあろうに……あなた方の横暴にはがまんが出来ぬ」

いつの間にか清七の言葉は町人のものではなくなっている。

清七は青眼からゆっくりと上段に構えた。

「こ、こいつ、剣が出来るのか」

武兵衛が驚きの声を発した。

喜多川伝蔵も刀を抜いた。

「ふん、町人の生兵法……思い知れ」

怒声を発していきなり武兵衛が飛んできた。

清七は、刀を峰に返すと、打ち込んで来た武兵衛の剣を跳ね上げ、返す刀で、武兵衛の肩を打った。

「うっ」

武兵衛ははね飛ばされたように飛んで蹲った。

肩を押さえて清七を睨んでいる。

清七は、武兵衛を睨み据えたまま、剣先を右側にいる喜多川に向けた。

「まだやりますか。あんたの方が腕は上のようだが……」

「くっ……」

短く呻いて喜多川は後ずさる。

「町人に打ち据えられたと聞こえれば、どんな理由があるにしろ、お家は断絶でしょう。いいですか、再び菊馬さんに手を出したら、その時にはしかるべきところに、お二人の行状は残らず訴えます。いいですね」

「……」

喜多川は、ひとことも発しないままじりじりと後ずさりし、草の中でもがいているいる武兵衛につまずいた。

「ちっ、だらしない奴だ」

舌打ちしながら武兵衛を助け起こすと、

「引き上げるぞ」

忌々しげに吐き捨てた。

もつれるようにして二人が御用地から出て行くのを見届けると、

「いい医者がいます。私の肩につかまって下さい」

清七は、あえぐ菊馬の腕を肩に回して立ち上がった。

――これで、おるいの店は助かるに違いない。

天野屋の悪行が暴かれれば、おるいの父親が作った借金は免れる。

そうすれば、おるいが根岸の隠居の妾になる必要もなくなる。

いつの日か、この坂の上で二人は月見を出来るかもしれないのだ。

ゆっくりと、菊馬を支えて歩きながら、清七は菊馬の屋敷に青々と揺れていた竹の葉の瑞々《みずみず》しい色を思い出していた。

――菊馬の人生も、おるいの人生も、俺たちもこれからだ。

そう思った時、清七の脳裏に、微笑んで迎えてくれるおゆりの顔が過ぎった。

清七は慌てて振り払うと、菊馬に知られぬように苦笑した。

第二話　紅染の雨

一

「あさり──しーじーみーよぉい、あさり──むきみよぉい。あさりはぁーまぐりよぉい」

清七は、あさりしじみ売りの声で目が覚めた。すっかり寝坊したようだった。

連日御府内沿革図片手に武家地を回っているのも、まだ慣れない体には疲労がたまり、つい寝過ごしたのだ。

それに昨日は、母の墓地を下谷の光輪寺に決め、石屋に墓石を発注したこともあり、長年の母との暮らしを偲んでいる内に、体は疲れているのにいっこうに寝付けなかったのだ。

「あさり──しーじみ、はい、いらっしゃい」

長屋の路地で、客がついたらしくあさりしじみ売りの声は中断した。その声は、近頃夜が明けるのを待ってやって来る松吉《まつきち》という男児の声だった。

澄み切った秋の空のような声だが、松吉はまだ十歳にも満たないため、あさりしじみの入った桶を天秤棒で担いで来るのは年若い母親だ。

母親は言葉を忘れたのかしゃべれない人だった。それで松吉が売り声を担当しているのだが、母と子が助け合ってあさりしじみを売る姿を見たのは、清七は初めてだった。

だから松吉の声が長屋に響くと、清七は必ずあさりかしじみを買うことにしている。

二人の姿を見ていると買わずにはいられない。どこかに自分の昔を見ているようで、励ましてやりたかった。

清七は急いで鉢を手に腰高障子を開けて外に出た。

だが今朝は、二人のまわりに長屋の女房たちが集まっていて、清七の順番はなかなかまわって来そうにない。

やっと清七の番だと思ったら、

「売り切れました」

松吉はすまなさそうに言った。

「売り切れか……それは良かった。おっかさんを大事にな」

松吉の頭を撫でて自分の家に引き返してきて、

――おや……。

清七は、先ほど開けた戸の下に、半紙を巻くように折った手紙のような物が落ちているのに気付いた。

拾い上げて中に入り、鉢を置いて紙を開いた。

本日暮れ六ツ　太田姫稲荷まで来い

書いてあるのはそれだけで、宛名も送り主の名も記していない。

だが、清七はその文字を見て凝然とした。

筆の運びに強弱が無く均一で、四角張った余裕のない筆跡は、誰あろう長谷家の世子、清七には腹違いの兄にあたる長谷《はせ》市之進《いちのしん》の手によるものだった。

長谷家に奉公した者なら、署名が無くてもその筆筋は誰だか分かる。それほど市之進の筆筋には癖があった。

——しかし何故だ……。

長谷家の庭の桜の木の下で市之進と打ち合ってから、既に三年が経っている。その間、一度も清七は市之進に会ってはいない。

格別会いたくもなかったし、関わりたくもなかった。

市之進とは、半分は血が繫がっているわけだが、市之進と血の通うような思い出はひとつとして無い。

清七が長谷家にいる間に、市之進に抱いた感情は、親しみとはおよそ反対のものだった。血が繫がっていると思えばなおさらのこと、市之進の言動には、ことごとく強い嫌悪を感じてきた清七である。

清七は、市之進の手紙を部屋の隅にある木箱の中に放り込んだ。呼び出しに乗る気はまったく無かった。

自分はもう、長谷家の使用人ではない。長谷家と縁を切って外に出た人間だ、と清七は思った。

市之進との嫌な思い出を振り払うように、清七は力を入れて米をとぎ、炊き、朝食を済ませると、沿革図を手に外に出た。

今日は与一郎は、店で摺師の喜八《きはち》と打ち合わせをする事になっていて、武家地の調べは、小平次と清七がやることになっていた。

小平次はというと、まだ、つきあわせの残っている小川町を回る予定で、清七は一人で番町に向かった。

——武家地の照合は想像以上に手間取っている。

どうにかして、もう少し手際よく武家の屋敷替えを把握することは出来ないものか。

清七は、先月大野菊馬が私闘の末傷を負わされた九段坂上の御用地に田安御門を背にして立っていた。

あの事件で天野屋の悪行は明るみになり、おるいの店は助かったと聞いているが、忠吉が暮らしていた飯田町の店は、土地そのものが天野屋の手を離れ既に第三者に渡っていて、あの場所で忠吉親子が店を再開するのはかなわぬ夢と分かった。

喜多川伝蔵と楠田武兵衛については、大野菊馬や清七たちの訴えを待つまでもなく、一方的な憶測で菊馬に人殺しの汚名を着せ、それればかりか呼び出して傷を負わせた事がまもなく露見し、ふたりは勘定所から外されて、甲府勤番を命じられたと聞いている。

これらの決着をみるまでおよそひと月、私闘のあった目の前の御用地は、茅の穂は枯れ色を帯び、風を受けて波のようなうねりをみせている。

清七は、御用地から目を転じて、西南に広がる武家地を見渡した。

次に調べる番町とは、内濠側は今清七が背にしている田安御門外から半蔵御門外まで、そして外濠側は、四谷御門内から市ヶ谷御門内を経て、牛込御門内東側までを言い、この範囲にある麴町通りの町家、武家地の中に飛び地としてある麴町谷町の三ヶ所と、麴町八丁目から十丁目にある寺院を除く武家地をいう。

ここにどれほどの武家が暮らしているかといえば、旗本五千二、三百家のうちの、大番組六百家の大半が住んでいると聞いている。

つまり、これから五百余家の屋敷の照合が待っている訳だ。

役替えによる転居もあることから、手元に屋敷図の基本として持っている沿革図はあるものの、その調査には何時終わるともしれない日数を数える覚悟がいる。

切り絵図を作る――その志は熱くても、正直清七は、目の前に見える武家屋敷の広大さには、立ち往生の感さえあった。

――さて……。

清七は人通りの無い武家地に踏み出した。

今日は下見である。これからいったん牛込御留守居町に出て、梶川半左衛門《かじかわはんざえもん》の屋敷を確かめるつもりである。

御用地の北側中程には辻番所があるが、そこから北の道に入ると定火消御役屋敷に出る。この御役屋敷を抜ける道の反対側、角から五軒目が梶川の屋敷となっている。

梶川の屋敷を確認したのちは、蛙が原に出て、表四番町の南側にある多門鉄之丞《おかどてつのじょう》の屋敷を見聞するつもりだ。

更にそこから、三番町、表六番町の通りを経て、御厩谷の坂に出、麴町谷町をざっと見て、帰路に着く予定であった。

梶川半左衛門と多門鉄之丞の屋敷にこだわったのは、共に赤穂事件に関わった人物につながりがあるからである。

梶川家というのは、浅野内匠頭長矩《あさのたくみのかみながのり》が殿中で刃傷に及んだ際に、後ろから抱きついて浅野内匠頭を取り押さえた梶川与惣兵衛《よそべえ》が養子に入り暮らしていた屋敷で、屋敷の名は与惣兵衛ではなく養父の名になっているが、今も子孫が養父の名を世襲して暮らしているようだった。

与惣兵衛は、あのあとまもなく五百石を加増され、千二百石を賜るが、事件後世論は次第に浅野びいきとなり、討ち入りに発展、与惣兵衛の心を死ぬまで悩ませたといわれている。

与惣兵衛がそうなら、子孫も肩身狭く暮らしているのではないかと清七は思っているのだ。

一方の多門家だが、城内で浅野内匠頭を尋問した人物の名が多門伝八郎である。伝八郎は当初から内匠頭に同情的で、後に検使として内匠頭切腹に立ち会うが、ここでも切腹に際しての扱いなどで終始内匠頭を気遣ったといわれ、情味のある人として喧伝されている。

多門の屋敷の名は鉄之丞となっているが、表四番町の辻番所でそこのところを訊いてみると、間違いなく伝八郎が暮らした屋敷だと分かった。

ふたつの屋敷を見て清七が思ったのは、やはり屋敷の佇まいというものは、住む人を偲ばせる何かがあるということだ。

梶川屋敷の門前は、白い陽にさらされながら、ひっそりと人眼をしのんでいるように見えたが、それに対して多門の屋敷は、塀の外に流れ出たまだ青々としたもみじの枝が風に揺れていて、さわやかな感じがした。

――おやっ。

清七は、御厩谷の坂を登り、麹町谷町にさしかかったところで、谷町の角を西に折れた女の後ろ姿に驚いた。

――おゆりではないか……。

まさかとは思ったが、引き締まった腰が、歩を進めるたびに慎ましやかに揺れる姿は、間違いなくおゆりだった。

おゆりは何処に行っていたのか。何処に行こうとしているのか。

確か今日は出かける話は聞いていなかった筈だがと見送ったその時、

「いいのかい！……辻番所じゃ女を裸にして何しようってんだ！」

伝法な啖呵とともに着物の前をはだけ、胸をはだけた女が表通りに飛び出して来た。

続いて辻番所の中から男二人が女を追って走り出て来た。一人は若いが、もう一人は白髪が見える。

「何を馬鹿なことをやっている。早く、着物を整えろ！」

若い方が女に着物の乱れを整えろと言っている。だが女は、

「あたしゃ訴えるよ。ここを通っていたら中に呼ばれた。それで入ったら、すぐ

に着物をはだけられて胸を触られたってね」

女は両手を広げて大声を出す。明らかに、往来する者たちに自分のこの姿を見てくれと言わんばかりである。

「嘘を言っちゃいかん。あんたが勝手にここに入って来て、胸をはだけたんじゃないか」

今度は年老いた辻番が、人眼をはばかるおろおろした声を出した。

その初老の男の物腰は、辻番とはいえ武士らしい威圧的なものは見えない。髷《まげ》は武士髷だが、腰に差した刀もぎこちない。歴とした武家とは思えなかった。なにしろ近頃の辻番所に傭われる者は、大半が主家を離れた浪人や中間足軽だと聞いている。

大名屋敷の前にある一手持辻番所の辻番は別として、旗本が何人かで組んで辻番所を運営している寄合辻番所の辻番は、腰に刀は差しているとはいうものの、その者の出自は本当に武家かどうかも怪しいと巷では言われていた。

変死や瀕死、病死に捨て子、酔っぱらいや喧嘩や変事まで、町人地の自身番と同じような仕事が課せられている辻番だが、近頃辻番所では女を泊めるところがあるなどの風評があり、風紀の乱れを正すべく、厳しいお達しがあったところであった。

女が裸同然で走り出て来て喚くのに道行く人が野次馬よろしく集まってくるのも、そういった背景があったからだ。

たちまち辻番所の前には人だかりが出来た。

「あたしが嘘つきだって⁉……何言ってんだい、嘘つきはお前たちだ」

女は右手を伸ばして二人を交互に差した。

「どっちが嘘つきだ」

若い男がたまりかねたように女に怒鳴った。

「もう我慢がならん」

若い男が女につかつかと近づいて、女の胸倉を摑んだ。だがその時、

「えい！」

女は頭からかんざしを抜いて男の額に振りおろした。

「うわっ、何をするんだ、この女」

男は後ろにひっくり返って叫んだ。女の振りおろしたかんざしは躱《かわ》したものの、その男に向かって、また女がかんざしを持ちかえて突っかかって行ったのである。

若い男は立ち上がったが、腰に刀は差していなかった。

「やめなさい」

清七が、突っかかっていく女の手首を扇子で打ち、かんざしを払い落とした。

「何するんだい」

女は、きっとなって清七を睨み上げる。

「どうみても、因縁をつけているのは、あんたの方に見えるぞ」

「ちくしょう、放せ！」

「違うというなら、なぜすぐに着物をなおさないのだ……それじゃあ見せびらかしているようだぞ」

清七は、女の乱れた姿にちらりと目をやる。

「うるさいよ、あんたは関係ないんだから」

「ちょっと待った。あんた、小川町の方でも同じことをやって金をゆすり取ったんじゃないのか」

近づいて来た男が言った。貸本屋の周助だった。

「周助」

驚いて見た清七に、

「これは紀の字屋の清七さん、実はこの女、余所《よそ》の辻番所でも同じようなことをやって金を脅し取ってる太え女なんでさ」

周助が睨むと、女はふんっと顔をそむけた。

それを聞いた若い辻番が言った。

「やっぱりそうか。どうもおかしいと思ったんだ。入って来るなり、胸をはだけて、一朱でどうかなんて言う。それで怒ってやったらこの始末だ。周助、おまえさん、今の話、いざとなったら証言してくれ」

「へい、それはもちろんです」

周助は若い男に頷くと、

「清さん、こちらもあっしのお得意さんなんでね」

周助は清七に笑って言い、さてこの女どうしますかと清七に訊いてきた。

「そうだな、このまま始末を辻番にあずければ、女が罰せられるのは明らかだが」

じろりと女を見た。すると女は、

「すみません、お許し下さいませ。亭主に死なれて、子供を養うのに難儀して……」

急に態度を変えた。着物を合わせるのももどかしく、おいおいと辺りはばからず泣き出したのだ。

「まったく……これだけの大芝居を打ったんだ」

若い辻番は野次馬を見渡して言い、

「覚悟は出来てるんだろうね」

女を睨み据えた。

白髪頭の辻番はため息をついている。面倒をかかえこみたくない、そんな様子が見てとれた。

「いかがでしょうか」

清七は辻番二人に言った。

「この始末、私にあずけていただけませんか」

白髪頭は救われたような顔で頷いた。

清七は女の顔に視線を戻すと、

「こんど同じことやったら、あんた、ただじゃあすまないよ。どうだ、もう二度とやらないと約束が出来るか」

女に言った。

女は何度も大きくかぶりを振った。

「よし、分かったのならいい、さあ、帰りなさい」

清七はすばやく小粒を女の手に握らせると、落ちているかんざしを女の手に渡してやった。

女はかんざしをぎゅっと握りしめると、

「だんな……」

清七を見た。あばずれかと思っていたが、女の表情には狼狽と悔恨の色がみえる。

「さあ……」

清七が促すと、女はペコリと頭を下げてから、駆け去った。

「いや、助かった。お礼と言っても何にもねえが、出がらしの茶がある、中に入ってくれ。周助さんも一緒にどうだ」

思いがけず清七は、番町の辻番所の中に誘われたのだった。

二

「じゃあそのうちに」

周助は、辻番所を出ると手を上げて言い、大きな荷物を肩に一度ゆすりあげてから足早に去って行った。

これから約束している麴町三丁目の得意先に立ち寄ってから家に帰るのだと言った。

清七と周助は、辻番所でお茶を貰ってしばらく雑談をしていたのである。

二人の辻番と周助は、周助の商売がら懇意な仲で、どこの屋敷の女中が綺麗だの醜女だなどという話に花を咲かせていたが、やがて清七の話になった。

清七が自分は切り絵図を作っている紀の字屋の者で、過去の屋敷図との突き合わせに苦労しているという話をすると、

「だったら、困った時には辻番所に訊けばいいじゃないか」

と若い辻番が言ってくれたのだ。思いがけない成行きで、清七は助っ人を得たのである。

また周助には、切り絵図を売ってもらえないかと頼んだところ、快く引き受けてくれたのだ。

——意外な収穫があった。

清七は周助の後ろ姿を見送ると踵《きびす》を返した。

周助と一緒に麴町三丁目に出て、そこから店に戻るつもりだったが、辻番所を出た途端、考えが変わった。

通りに伸びた日の影が、今朝長屋の戸の下に落ちていた市之進からの呼び出し状を思い起こさせたようだった。

市之進のことは今日一日、頭から振り払おうとしたのだが、決して払いのけることは出来なかったのだ。

むしろ時刻が夕刻に近づくに連れ、清七は心の底が騒ぐのを自覚していた。

気持ちを決めると清七は足を急がせた。

牛込御門に出て、そこからは外堀端の道を急いだ。

小石川を過ぎ、水道橋を過ぎたあたりから、堀端は渓谷をつくっていて、樹林が行く手に黒い影を落としていた。

太田姫稲荷についた時には、闇があたり一帯を覆い始めていて、昼間は青々としている水面が青黒く光ってみえていた。

稲荷の前で待つまでもなく、長谷家の下男彦蔵《ひこぞう》が現れた。

「彦蔵じゃないか。お前が、若殿様の使いだったのか」

清七は驚いて言った。

「申し訳ありません。どうしてもとおっしゃるものですから」

彦蔵は、すまなさそうな顔で頭を下げた。

「いや、いい。お前の立場はわかっている。で、若殿様はどこに来ているのだ」

辺りを見渡すが、それらしい人の影は見えない。

「ご案内します」

彦蔵は先に立って歩き始めた。

彦蔵が清七を案内したのは、稲荷からそう遠くない金沢町の小料理屋だった。

店に入って彦蔵が名を告げると、女将は清七を二階の小部屋に案内した。

「おみえになりました」

それだけ告げると、女将は階下に消えた。

「失礼致します」

清七は、ひとつ大きく息をつくと、戸の前で市之進の声を待った。

「入れ」

感情のない声がした。

戸を開けて中に膝を入れた清七は、敷居際で戸を背にして手をついた。

「お久しぶりでございます」

「ふん、随分元気そうだな、清七郎、いや、清七だったか」

手をつき、頭を下げたままだが、市之進が清七を見下ろして嘲笑している姿は見なくても分かった。

「武士を捨てて町人になったと聞いていたのだが、なるほど、よく似合うじゃないか」

市之進は、今度はくつくつ低い声で笑ったが、まもなくその笑いを消して尊大な口調で言った。

「他でもない、今日はお前にひとこと忠告しておきたくて呼び出したのだ。顔を上げよ」

清七は顔を上げた。

色の白い、神経質そうな顔が、清七を冷たい目で睨んでいた。

「この先、勘定所の者たちと関わりを持ち、首をつっこむのは止めろ」

「………」

「何だその顔は……覚えがあるだろう」

「………」

「お前が首をつっこんでかき回したことで、甲府に流された喜多川伝蔵たちのことだ」

「まさか……私が何をしたとおっしゃるのでしょうか。あの方たちが甲府にお役替えになったのは、あの方たち自身に落度があったからではないのですか」

「黙れ！　何も知らないと思うてか。喜多川とは知らぬ仲ではなかったのだ。それでいろいろと話を聞いてみると、お前の名が出た。正直肝を潰したぞ」

「……」

「町人の分際で出過ぎたことをするな。いいか、身分をわきまえろ。お前の不謹慎な行いで、万が一長谷の名が出たらと思うと、ぞっとするのだ」

「ご安心下さいませ。決して長谷の家の名が出ることはございません。だいいち」

清七は、ぐっと睨み返した。

「ご覧の通り、私は一介の町人です。その町人にいったいどんな力があるというのでしょうか。いらぬご懸念はなさらないようにして下さい」

「その言葉、覚えておく。お前が長谷家に泥を塗ったその時には、私は決してお前を許さぬぞ」

「……」

「まったく目障りな奴だなお前は……お前をわざわざ呼び出した用件とはそれだけだ。分かったら消えろ」

市之進は、言うだけ言うと顔をそむけた。

「清七郎さま」

小料理屋を後にした清七を彦蔵が追っかけて来て頭を下げた。

「若殿様に清七郎さまのお住まいを問い詰められて、知らないと嘘をつくことが出来ませんでした。お許し下さいませ」

「彦蔵、そんなことはいいのだ。お前には嫌な思いをさせたな」

清七は言った。胸のうちは憤りで一杯だったが、それは彦蔵のせいではない。

「とんでもねえです。それよりまた、お屋敷の方にいらして下さいませ。殿様もそれを心待ちにしておいでです」

「ありがとう。殿様はお変わりないのだな」

「はい」

「そうだ、彦蔵。伝えてくれぬか。母の墓をつくることが出来たとな」

「はい、お伝えしますとも……で、どちらのお寺でございますか。お墓が出来たら、あっしもお参りさせていただきます。おつねさんだってきっとお参りさせていただきたいと、そういうに決まっています」

「そうか……寺は下谷の光輪寺だ」

清七は言った。市之進の部屋を退出してからずっと、胸の内で煮えている憤りが急に軽くなった。

市之進がどれほど自分たちを疎んじようとも、父の長谷半左衛門や彦蔵やおつねは、自分や母親を受け入れてくれている。そう思うだけで癒された。

「光輪寺、でございますね」

彦蔵が復唱した。

「そうだ、だが無理をして墓参りはいいぞ。気持ちだけで母は喜ぶ。おつねさんにもそう伝えてくれ」


昨日朝から降り始めた雨は、今朝早朝まで降り続いた。

秋の雨は降るたびに冷気を運んで来るようで、清七が紀の字屋に出向くと、おゆりは通いの台所女中おとよを供に、冬支度の綿を買いに出かけるところだった。

「申し訳ありませんが清七さん、お店と旦那さまをお願いします」

紫の風呂敷包みを抱えて、いそいそと出かけて行った。

藤兵衛に清七が呼ばれたのはまもなくの事だった。

雨にまだ濡れた庭の前栽を藤兵衛は縁側で見詰めていたが、清七が側に座ると、

「切り絵図の調べはうまくいっているのか」

体を回して訊いてきた。

「少し手間どっております。番町の場合は特に屋敷の主を違えて記載すれば切り絵図を作る意味がありませんから。切り絵図は武家屋敷の主の名を正しく記すことが第一の目的です」

「そうか、手間取っているのか」

「しかしそれも、今後は少し調べも楽になります。辻番所にいざという時には協力を頼んでみようかと考えています」

「ふむ」

「急ぐことはないと考えています。いかに見やすく、確かな地図をつくるか、その方が肝心ですから……小川町は線引きにかかっていますが、与一郎に報告させましょうか」

「いや、いい。思い通りにやってくれたら何もいう事はない。今日は、少し頼みたいことがありましてな。だが、私の頼みのために仕事の手をとめるのははばか

られる。それで遠慮のないところを聞かせて貰おうと思ったのだ」

藤兵衛は言い、清七を見た。その顔には、今まで見たこともないような苦渋がみえる。

「なんでしょうか、おっしゃって下さい」

清七は藤兵衛の目をとらえて促した。

「おゆりのことだ」

藤兵衛は、言いにくそうに言った。

「おゆりさんのこと……」

清七の脳裏に、先日麹町谷町でちらと見かけた、おゆりによく似た女の後ろ姿が過ぎった。

「近頃外に出ることが多くなってな」

「………」

「初めは買い物に出かけるなどと言っておったが、そのうち、私に黙って出かけるようになった」

「………」

清七は目をそらせた。藤兵衛の話が本当なら、あの日見た女はやはりおゆりだったのかも知れない。

「切り絵図作りを手伝っていて外に出ているのかと思ったが、与一郎に訊いてみると、どうやらそうでもなさそうなのだ。どうだろうか、おゆりが何のために、私に内緒で外出しているのか、それを調べてもらえないものか、と思いましてな」

清七は大きく息をついた。どう返答すべきか咄嗟《とつさ》には判断がつきかねた。

藤兵衛とおゆりの関係がどういうものなのか詳しいことは分からないが、同じ店の中にいる人間の素行を調べるというのには抵抗があった。

藤兵衛とおゆりの仲も、また二人に対する清七たちの信頼も、これまで少しの曇りもなく続いてきたと信じてきたのに、ふいにそこへ疑いの種がまかれたようで清七は気が重かった。

藤兵衛の言葉には、若い妾への、ただの焼きもち以上のものがある。だからこそ清七に相談したのだろうが——。

「親父さん、親父さんが率直に訊いてみてはいかがですか。おゆりさんも自分が調べられていると知ったら不快でしょう」

「いや……訊いたのだ、一度な、だが一笑に付したのだ」

「そうですか。すると親父さんは、何のために外出していると考えているのですか」

「それがわからんから案じているのだ」

藤兵衛は言い、きまり悪そうな顔をした。

「ずばりお訊きします」

清七は言った。はっきり訊くところは訊かなければ、どちらにしても答えは出せないと思ったのだ。

「おゆりさんに男が出来たと、そう考えているのではありませんか」

藤兵衛の顔をじっと見た。

「わからん。男かもしれん。違う用事かもしれん」

「親父さん、もしもです、もしも私が調べて、男だったらどうしますか」

厳しい口調に清七はなっていた。同時になぜか自分の胸の中も驚く程騒いでいるのに気付いていた。

「まさかとは思うが……男だったら、どういう男なのか調べてほしい。おゆりを、幸せに出来る男かどうかだ。私はおゆりを幸せにするにはどうしたら良いのか、ずっと考えて来た。おゆりもそれを知っている筈だ。知っていて黙って出かけて行く。それが気に食わん、心配なんだ」

藤兵衛は清七が『男』という言葉を口にしたその時から、聞きたくない言葉を聞いたといわんばかりに表情を硬くした。平静を装おうとはしているが、寂しげな影が頰に宿る。

「分かりました。不躾な質問をしてすみませんでした。万が一の事を考えてお訊きしたのです。親父さんが覚悟をしているのならば調べてみます」

清七は頭を下げて立ち上がった。気乗りはしなかったが、藤兵衛の気持ちを受けとってやるしかないと思った。

それに……何もおゆりが男に会いに行っているとは限らない。若い女のことだ。人に話したくない事情だってある筈だ。

「では……」

店に引き上げようとした清七を、

「待ちなさい」

藤兵衛は引き留めた。もう一度座れと手で清七を促した。

「こんな事は、話すつもりはなかったのだが……」

藤兵衛は、清七の目をとらえて言った。

「おゆりは、私の、女房でもない、妾でもないのだ」

「……」

清七は驚いて見返した。

藤兵衛はおゆりを、どこかの女郎屋から身請けして連れてきたのだと清七は聞いていた。

そうまでして手元に置いた女を、女房にも妾にもせずにいるというのは、普通なら考えにくい。

ただ、二人の間に流れる空気が、男女の交わりを想像させる、なまめかしいものとは少し違うような気がしていたのは確かだった。

「おゆりは、昔一緒に仕事をしていた仲間の娘だったのだ」

藤兵衛は神妙な顔で言った。清七の意外そうな顔に頷くと言葉を継いだ。

「私はこの紀の字屋の主になる前は、お上の御用を賜る幕吏だった」

「親父さん……」

「仕事の中味は話すことは出来ない。ただ、おゆりの父親が命を絶ち、家も断絶になったのは私の責任でもあった、私はそう思ってきた」

藤兵衛は苦しげな顔を庭に向けた。当時を静かに思い起こしているように見えた。

息を呑んで見詰める清七に藤兵衛は顔を戻すと話を継いだ。

「私が町人になったのはそういう事だ。だがずっと、残された家族がどうして暮らしているのか気がかりだったのだ。そんなおり、娘を吉原の浪速屋に奉公に出したと聞いた。私はすぐに浪速屋に走った。紀の字屋で蓄えた金のありったけを握って浪速屋とかけあい、おゆりを身請けしてきたんです。その時から私は、おゆりの父親にかわっておゆりを守ってやらねばならない、そういう気持ちで過ごしてきた。またそれは、私の贖罪の気持ちでもあった。ただ……」

藤兵衛はそこで言葉を切った。そして少し声を落として、

「おゆりは、私と父親とが同じ仕事の仲間だった事は知らない筈だ。私の昔の名を言えば耳にしたことがあると気付くかもしれないが、藤兵衛という名を聞いても昔のことに思いが及ぶ筈はないのだ。なにしろ、一度も会ったことはなかったんですからな」

「……」

清七は小さく頷いていた。

時折みせる藤兵衛の底知れぬ、並々ならぬ洞察力に驚かされることもあり、藤

兵衛は昔何をしていたのかと興味は持っていた。

これで納得がいったというものだが、藤兵衛の話はまだほんの輪郭にしかすぎない。訊きたいことはいっぱいあったが、今ここで根ほり葉ほり訊くのははばかられた。

「おゆりを案じるのはそういうことです。多忙を承知の上で頼むのは申し訳ないが、他に手立てがない。私の体がこうでなければ人に頼むこともなかったのだが……頼まれてくれ」

藤兵衛は頭を下げた。

三

おゆりが一人で店を出て来たのは、藤兵衛から依頼を受けた五日後だった。

おゆりは出かける時には、おとよに藤兵衛の世話を頼むのが常だが、今日は朝のうちから、

「旦那さまの病が治るようにご祈禱をお願いしてきます」

おとよにも庄助にもそう言っていたのを聞いていた。

清七は切り絵図の調べに出かけるふりをして、差し向かいの酒問屋の角でおゆりが出て来るのを待ち受けていたのである。

「行っていらっしゃいませ」

元気のいい声を張り上げて、忠吉が表まで出て来て、おゆりを送り出した。

おゆりは、胸に紫の風呂敷包みを抱えていた。忠吉にひとことふたこと何かを告げると、往来の激しくなった日本橋に向かった。

今の時刻は、日本橋の橋の上にも、橋を下りて大通りに出たその道筋にも、『立ち売り』と呼ばれる売り子が、今朝市場で仕入れた魚や野菜を、大声を張り上げて道行く人に売っている。

棒手振《ぼてふ》りの荷を路上に置いて売っている者もいれば、筵《むしろ》を敷き、その上に野菜などを並べて売っている者もいる。

おゆりは日本橋北橋詰めの木戸を抜けると、そこで一度立ち止まり、後ろを振り返ってじっと眺《つ》めた。

無防備に後を尾けていた清七は、ふいを喰らって思わず先を行く商家の女連れの背後に身を隠したが、おゆりがそんな用心深い態度をみせることじたい、今から行く先を、人に知られたくない気持ちの現れかと思った。

その後はまっすぐ日本橋通りを脇目もふらず、おゆりは急ぎ足で行く。

今川橋を渡り八ッ小路に出、昌平橋を渡ると、聖堂の横を抜けて神田明神社の境内に入った。

明神社境内の右手には茶屋やしるこ屋などがずらっと並んでいるが、おゆりは一番手前の水茶屋の中に入った。

注文しているのを確かめてから、清七は隣の甘酒屋に入った。

おゆりがいる店とは簾《すだれ》一つで仕切られている。簾を通しておゆりの横顔が見える場所に座った。

簾はこちら側から向こうを覗き見するには都合がよい。良く見える。だが、向こう側に簾から離れている者が、こちらが見えるかというとそうではない。清七にとっては格好の場所だった。

甘酒を飲みながら注視していると、おゆりは注文したお茶も飲まずに、人待ち顔で境内に視線を走らせている。

やがて、おゆりが待ち人に気付いて腰を上げた。

そこにやって来たのは、背の高い目鼻立ちの整った若い武士だった。清七の年頃かと思える。武士はおゆりの顔を見て、

「来てくれたのですね」

にこりと笑って、おゆりの差し向かいに腰掛けた。

随分となれなれしい口の利きようである。

「少しですがお持ちしました」

「すまぬ。助かります」

「でも今日お持ちしたのはわずかです。お母上さまのお薬代にでもお役立て下さいませ」

おゆりは男の膝横に懐紙に包んだものを置き、

「でも……本当は、いくらご入用なのでしょうか」

遠慮がちに訊ねるおゆりに、

「多ければ多いほどいい。またとない機会を逃がしたくないのだ」

男は図々しくも、きっぱりと言う。

「本当にご出世できるのですね、そのお金があれば」

「そうだ、ようやく新しく出直す気持ちになったのだ、やっとだ。あなたのためにも出直したい」

――あなたのためだと……。

何を言っているんだ、あの男は——。

清七は男の、いかにも歯の浮くような言い草に腹が立った。

おゆりは、男の言葉にすまなさそうに俯いている。おゆりもおゆりだ。男の正体を疑っている気配が少しもないとはどうしたことだ。

清七の頭は混乱していた。

藤兵衛に話を聞いた時には、まさかという思いだったが、こうして実際に得体のしれない男と会っているのをつきとめてみると、今更だが、藤兵衛の勘の良さには舌を巻く。

男は、おゆりの横顔を見詰めたまま言った。

「ゆり殿が黙って私の前から姿を消してから、私は私で無くなっていたのだ。勤めをおろそかにし、人とのつきあいも拒絶し……長い間苦しんできた」

「……」

「だが、ゆり殿が元気で暮らしているのを知って、私も、もう一度人生をやりなおそうと思ったのだ」

おゆりは顔を上げた。男を見返した目に熱いものがこもっている。

清七の胸は早鐘を打ち始めた。驚きと、そして、おゆりの裏切りと……いや、別におゆりが清七を裏切った訳ではないが、清七の方はそういう気分だった。

「ところが」

男は、おゆりから視線を外すと悔しそうな顔で言った。

「長い間の不行跡を理由に、御役を解かれるかもしれぬと脅しを掛けられたのだ。ただ、その上役が言うのには、しかるべき者たちに心付けをすれば、今度だけはおめこぼしになるだろうと……」

「その心付けが、お金だというのですね」

「そういう事だ。しかし私にそんな蓄えはない。母上が病の床についてから、かれこれ二年になるのだからな」

「……」

「母上の病は私のせいだ。私が昔の私に戻れば母上の病も治るはずだ。そう思うと、じっとしていられなくなったのだ。そうだ、ゆり殿なら私の気持ちを分かってくれるに違いない。なにしろゆり殿のお母上も病がちで……」

「わたくしの母はとうに亡くなりました」

「そうだったな。やはりお父上のことが原因か」

おゆりは、こくりと頷いた。

少し固かったおゆりの表情に、男に心を許す気持ちが生まれているように見えた。互いの母親の病の話をしているうちに、おゆりは男との間に同病相憐れむといった絆をみたのかもしれない。

おゆりは言った。

「わたくしが奉公に出たのも母の病が原因でした」

「知らなかった。知っていれば助けてあげられたものを……」

おゆりは、激しく首を振った。

「わたくしはその時にはもう、初之助《はつのすけ》さまとは無縁のところで暮らしておりました。でも、助けて下さる人がいて、わたくしは奉公しなくてもよくなりました。母は亡くなりましたけど、今は幸せに暮らしています」

「よかった……」

男は手を伸ばして、膝の上にきちんと合わせているおゆりの手を握った。

見聞している清七は、ぎょっとした。あやうく声をあげそうになった。

おゆりから金は借りるし、時折歯の浮くような台詞を並べ立てて、なんと嫌な男だと見ていたのに、更におゆりの手を握るとは——。

だが、おゆりが男の手をさりげなく払ったのを見て、清七はほっとした。

とはいえ、清七の胸には早鐘が打ち、べらべらとしゃべる男を険しい目で見ている。

男は話を続けた。

「私も、蓄えていた金は母の治療代に消えた。お役御免を覚悟していたその時に、ゆり殿を偶然両国で見かけたのだ。それで声を掛けた。その時ゆり殿は、日本橋の紀の字屋で暮らしているのだと教えてくれた。それで、情けない話だが、ゆり殿に金子《きんす》を少し頼めないものかと、恥をしのんで会ってくれないかと使いを出したのだ」

「………」

「噂では、紀の字屋はゆり殿を多額の金子を出して自分のもとに引き取ったと聞いている。そういう人なら、ゆり殿の頼みは聞き届けてくれるのじゃないかと、そう思ったのだ」

「初之助さま、少し誤解をしていらっしゃるのではないでしょうか」

おゆりは、顔を上げて初之助という男を見た。

「わたくしは紀の字屋のおかみさんではありません。娘のようにしていただいておりますが、かと言って紀の字屋のお金を自由に使える身分ではございません」

初之助の顔が一瞬固まった。だが、すぐに笑みを作ると、

「すまぬ。いらぬ事を訊いた。気を悪くしないでくれ。金のことはもういいのだ。お役を解かれる、これも俺の運命だ」

肩を落とした初之助に、おゆりは言った。

「初之助さま、わたくしが作れるお金が初之助さまのお役にたてるかどうか分かりませんが、もう三日、いえ、五日待って下さい」

「そうか、助けてくれるというのか……十両、五両でもいい」

目鼻立ちのいい男が、人に臆面もなく金を無心するのを見るほど醜いものはない。

おゆりは自分の危うさに気付いているのかいないのか、小さく頷くと、

「では……」

立ち上がって帰って行った。

初之助はというと、おゆりが帰って行くと、大きくため息をついて立ち上がった。

清七とそれほど歳はかわらぬと思える風情だが、その体からは生気がみられな

い。人生に疲れた中年の男の姿を見るようだった。

清七は、初之助というその男の後を尾けた。

初之助は、やがて池之端の横町にある仕舞屋《しもたや》に入って行ったのである。

——女がいるのか。

仕舞屋を表から眺めて清七は思った。

それならすぐに初之助は出て来る筈もない。

清七は舌打ちした。男が何者か摑むためには、ここで男が出て来るのを待ち、住まいをつきとめなければならないのだ。

気が急《せ》いていた。切り絵図の調べも番町は始めたばかりで、第二弾の切り絵図を出すに当たっては、販路を増やすために御府内の地本問屋や絵双紙屋に掛け合いにいかなければならないのだ。

また初摺りは、だいたい二百五十枚ほどが限度だと言われている。それ以上摺る場合は、一度版木を乾かしてから摺らなければ版をいためてしまうというのだが、販路を増やした分、より多く摺りたい。

最初の切り絵図は二百五十枚ずつ摺ったわけだが、今後はどうすれば良いのか、その交渉を、これから彫師の長兵衛《ちょうべえ》、摺師の喜八と話を詰めなければならないのだ。

紙問屋との交渉だってそうだ。大まかなところは与一郎がやってくれているが、最終の決断をするのは清七の役目なのだ。

とはいえ、藤兵衛に頼まれなくても、おゆりの事は清七の胸の中では、このまま見過ごせなくなっている。

――初之助の正体を見届けずに置くものか。

清七は、おゆりの隙を見て、如才なくおゆりの手を握った男の下心に苛立ちを覚えていた。

おゆりもおゆりだ。あれほど藤兵衛に心配を掛けておきながら、事情はどうあれ、男と密会しているとは――。

しかも少しでも分別のある冷静な目でみれば、男がおゆりからどうやって金を引き出そうかと腐心しているか、まるみえではないか。

あの賢いおゆりが、そんな事に気付かないのだろうかと、おゆりに対しても腹が立っていた。

「おや、清七さんじゃないですか」

ふいに声を掛けられて振り返ると、周助が立っていた。周助は相変わらず大きな荷をしょっている。

「どうしたんです？……この家に何か」

周助は怪訝な顔で訊いてきた。

「いやなに」

言うに言われずもごもご応えると、

「まさか、ここの師匠にまいっちまったんじゃないでしょうね」

にやりと笑う。

「おい、周助、お前はここの家の者を知っているのか」

「そりゃあ、お得意さんですからね」

「まことか」

思わず周助の腕を摑んだ。

「痛い、放して下さい、なんなんですかいったい」

周助は清七の手をふりほどくと口を膨らませた。

「いや、渡りに船とはこのことだ。周助、腹がすいてるだろう……すいてるな、蕎麦を奢ってやるから、少し話を聞かせてくれ」

清七は有無をいわさず、周助を引っ張った。

「だから、あそこの師匠は、お旗本のこれなんですよ」

周助は蕎麦をすすりながら小指を立てた。

「すると何か、初之助とかいう男が、女師匠の男なのか」

「そうそう、初之助さんです。大番組です。持ち高勤めの番士ですよ」

と周助は言った。

持ち高勤めとは、手当てに補塡のない勤めで、下級旗本が番士として勤めたのを言った。

「屋敷は番町だな」

「はい、法眼坂から御厩谷に抜ける道の中頃にお屋敷はあります。清七さんが持っている地図には載ってると思いますよ。伊沢《いさわ》初之助という名で」

「伊沢初之助……」

まてよそれなら、麴町谷町はすぐ近くじゃないかと思った。

あの日、麴町谷町の角を曲がった女がおゆりではないかと思ったのだが、やはり間違いなかったのだ。

「周助、なんでもいい、初之助について知っていることがあれば聞かせてくれ」

「知りませんよ、私はそんな話には関わらないことにしていますからね」

「仲間うちから評判は聞くのじゃないか」

「いいえ、私は貸本屋ですから、そんな話を私にすると思いますか」

「まあな」

「それに、下手に首つっこんだらかえって商売が出来なくなるじゃないですか。どうしたら相手に警戒心を持たれずに商うか……屋敷に出入りさせてもらうのには信用が第一なんですから」

「しかしそこをなんとか、なんでもいいんだ。転んで怪我をしたとか、酒好きだとか、庭に鯉を飼っているとか、そういう事でもいいんだ」

「蕎麦一杯でですか」

じろりと食べかけた蕎麦を見る。

「頼む」

「まったく……それも切り絵図に関係あるんですかね」

「切り絵図には直接関係ないが、紀の字屋にとっては大事なことなのだ。そうだ、あの男にはおふくろさんがいるだろう」

「伊沢初之助さんにですか」

「そうだ」

「いますよ」

「そのおふくろさんは病で臥せっているだろう？」

「何時の話ですか、それは」

「今だよ」

「いいえ」

周助は笑った。

「何、違うのか」

「ぴんぴんしていらっしゃいます。お母上もあっしの客でしてね、つい数日前にも、そうそう、麹町谷町で清七さんに会ったでしょう。あの日も一冊お貸ししました」

「……………」

「でも気の毒です。いつも初之助さんの事で頭を痛めているご様子です。ただ、初之助さんには弟さんがいらっしゃいますから、その方を頼りになさっているようですがね」

周助はそう言うと、まだ手をつけてない清七の蕎麦を自分の前に引き寄せた。

「おみやげでございますか」

店の奥で帳面を付けていた清七は、おゆりの声を聞き、筆を置いて店先に眼を転じた。

庄助の横に座ったおゆりは、旅姿の武士に聞き返している。

「さよう、お役所の仲間三人と家の者に何がいいかと思ってな」

武士は絵双紙を取ったり、役者絵を取ったりして迷っているのだった。

「そうですね、まずはご家族の皆様には……」

おゆりは、手をのばして、千代紙を引き寄せた。これは十枚ほどを束にしてあり、女子供の土産に人気があったが、

「お小さいお嬢様がいらっしゃるのなら、こういうものもよろしいかと存じます。大人の女の方でしたら、やはり肩の凝らない草双紙がお値打ちでしょうね」

「なるほど……」

「そして、お役所の皆様には、いかがでしょうか、このようなものは……」

おゆりは、さりげなく切り絵図を広げて置いた。

「おお、これは地図か」

武士は目を輝かせた。

「はい、切り絵図ともうしまして、まだ御曲輪内《おくるわうち》と外桜田門の二枚だけですが、これまでのものよりずっと精密です。それに、持ち歩いて見ることが出来ます。用がすみましたら、こう致しまして……」

畳んでみせると、

「ほう……これは便利じゃな。友へのみやげというより私が欲しいな」

「はい、今度こちらにいらした時にはお役にたちます」

にっこりわらって、おゆりは武士の顔を見る。

「わかった、これにしよう。それと千代紙も、そちらの美しい袋ももらおうかの」

「はい」

おゆりは愛想の良い返事をすると、

「忠吉ちゃん、そこの包み紙を」

と、板元紀の字屋清七の文字の入った包み紙を持ってこさせ、くるくるくると手際よく売った品物を包むと、武士の前に置いた。

美しい千代紙の束を土産物にしたのも、模様や色のついた和紙を漉《す》かせて大小の袋を作ったのも、おゆりの案だった。

むろん、千代紙に掛けている束の帯、和紙の袋にも『板元 紀の字屋』の文字を入れている。

江戸を発つもの、やって来たもの、その人たちへの宣伝効果は抜群で、特に江戸にやって来た人の中には、紀の字屋の暖簾《のれん》を見付けて、懐かしそうに店に立ち寄る人まで近頃ではいる。

「江戸のおみやげにといただいた紙に、こちらのお店の名がありました。それで……」

などと言い、その人たちもまた、紀の字屋の品を買い求めてくれるのである。

そんなお客の反応が、おゆりは嬉しくて楽しくて仕方がないらしいのだ。

近頃では繁華な場所にある絵双紙屋が、こぞって色紙や袋をつくって紀の字屋をまねた商いを始めている。

おゆりはその事も、鼻高々のようだった。

「おゆりさん、旦那さまの薬を煎じました。見て下さいませ」

奥から声がかかった。

おとよだった。おとよは袖をまくりあげ、太い腕をにょきりと出して前垂れで手を拭いている。

「ああ、そうね」

ちらりとおとよに振り向くと、すぐにその顔を庄助と忠吉の方に向けて、

「じゃ、庄助、あとを頼みますよ」

いそいそと奥に戻ってきた。屈託のない笑みを清七に投げ、藤兵衛の部屋に消えたが、そんなおゆりの態度を見ていると、先日神田の明神社で初之助と会っていた人と同一人物とは、とても思えない。

清七は、おゆりが奥に入ったのを潮にその手を止めて大きな息をついた。

——どうしたものか……。

おゆりが、伊沢初之助とかいう男と会っていた事を、藤兵衛に報告するべきか、いや、もう少し調べてからでよいのではないか。

清七の頭を悩ましているのは、帳面の数字ではなく、おゆりの事だった。

——それにしても、あの男はいったい何だ。

帳面をばたりと閉じて立ち上がった。

「清さん、どこかに行くのか」

丁度帰って来た与一郎が訊いた。

「いや」

「そうか、じゃ、小川町の文字入れを頼むぜ」

奥に入ろうとする与一郎に、

「すまん、まだ大半が残っているんだ」

「なんでだよ、番町の方の調べもここ数日小平次兄いに任せっきり、清さん何してるんだよ。少し怠慢じゃゃねえか」

「すまん、少し急な用事が出来てな」

「それならそれで、ちゃんと言ってくれなきゃ。こっちは堀長に手を空けてもらってるんだぜ。やることとちゃんとやってくれなきゃ困るよな」

与一郎は憮然とした顔で奥に入った。

堀長とは堀江町一丁目に住む彫師の長兵衛のことである。文字を彫らせたら江戸随一で、今や引く手あまたの彫師である。

早くからこちらも予約して彫りを頼んでいるのだが、あまりに依頼の期日が遅れると、気むずかしい長兵衛が、この先仕事を引き受けてくれるかどうか分からない。

切り絵図の第一に大切な事は、文字が鮮明であることだ。線は引いたが摺ってみると文字が判然としないとなったら、地図の意味がない。

間違いの無い文字を、しかもくっきりと入れるのは、切り絵図の命であった。与一郎の言う通りだ。おゆりの外出先を調べると言ったって毎日という訳ではない。

その日以外は切り絵図に取りかかれる筈なのに、文字を書き込もうとしても筆が進まない。第一、間違って文字を書きこんではなんにもならないのだ。

「忠吉、切り絵図を三枚ずつ包んでくれ。すぐそこの、菓子屋の扇屋さんだ。届けてくる」

清七は屈託を振り払うように言った。

四

清七が与一郎に呼び出されたのは、その晩のことだった。

場所は、一石橋袂にある煮売り酒屋だった。

清七も一、二度行ったことはあるが、十人も入れば一杯になる店で、煮売りの味はもうひとつだが、酒は旨かった。それにぶっきらぼうな親父一人がやっていて、気の置けない店だった。

与一郎は日の明るいうちに店を出たが、約束の刻限は紀の字屋の店を閉めてからということで、清七が店を出る頃には、日もとっぷりと暮れていた。

「ここだ」

清七が暖簾をくぐると、奥の腰掛けから与一郎が呼んだ。

与一郎の側には、小平次も来ていた。

二人は茄子のつけものを前に酒を飲んでいた。

「頼んだのは、里芋とこんにゃくと、豆腐の田楽だ。他に何か欲しいものがあったら頼んでくれ」

与一郎は言い、清七の杯に銚子を傾けた。

「で、なんだい……用というのを聞かせてくれ」

一息に飲んで杯を下に置くと、清七は言った。

「少し飲んでからと思ったが、先に片付けた方がいいな。清さん、今日呼び出したのは、清さんの様子がおかしいからじゃないか」

与一郎は言い、じっと清七の顔を窺った。

小平次も案じ顔で、清七郎の顔を見ている。

「すまない。仕事の遅れのことだな」

「遅れはいいよ、そんな事は……だってお客から注文受けてやってる仕事じゃないんだから。念には念を入れてやってる分には文句はない。俺が気にしているのは、清さんの頭がもっぱら他に向いてるらしいってことなんだ」

「他に向いてる？」

「自分で気付いていないのか……ぼうっと考え事してたり、切り絵図の文字入れだって出来ていない、番町は小平次兄いに頼りっきり……この仕事は、清さんが言いだしたんじゃなかったのか」

「すまん」

「いいよ、謝らなくても。何か悩みがあるんじゃないのか。だったら、この俺と、小平次兄いには話してほしい、そう思ったんだ」

「……」

「言えないのか」

与一郎は、苛立ちをあらわにした。

「いや……」

二人に話していいものかどうか清七は迷ってきたのだが、二人の信義をこれ以上無視しつづけるのは無理だと覚悟をきめた。

「実はな、おゆりさんのことだ」

「おゆりさんの？」

怪訝な顔で与一郎が聞き返した。

「そうだ、親父さんがおゆりさんの事で案じていることがあってな」

清七は、おゆりの不審な挙動に藤兵衛が心を痛め、ひそかに調べてくれと頼んできたこと、そして清七がそれを受けて調べたところ、おゆりは、伊沢初之助という男と会っていたことなどを二人に話し、一部始終を親父さんに話そうかどうか悩んでいるのだと、悩みの原因を告白した。

ふたりが驚いたのは、藤兵衛とおゆりの関係だった。

「やっぱりな、あの二人の間は親子のような感じがしていたもんな。夫婦でなくて良かったよ。親父さんはいい人だけど、年が離れすぎていて、おゆりさんがかわいそうだなと思っていたんだ」

与一郎が言った。

「そういや……清さん、あっしは妙なところでおゆりさんを見ましてね、人違いかと思っていたが、ひょっとして人違いなんかじゃねえ、おゆりさんだったのかもしれねえな」

小平次が首を捻る。

「どこで見たのだ」

「それが、質屋なんですよ」

「質屋……どこの？」

「堀江町三丁目、てりふり町通りから横町に入った、なんだったか……そうそう、増田屋とかいう質屋です」

「……」

清七の顔が強ばった。

あの水茶屋の床几《しょうぎ》の上で、おゆりがそっと初之助の手に渡していた懐紙の包みには、きっと幾ばくかの金が入っていたに違いないのだ。

そしてその機会を利用して、初之助はおゆりの手を握りしめたのだ。それもただの感謝の握りかたではなかった。ねっとりと手の感触を味わうような、そんな握りかただった。

「何で質屋におゆりさんが用事があるのかと、そう思ったものですからね。質屋なんて、おゆりさんには無縁の場所だと……ですから、あっしも、あの時は人違いだと思ったんですが……」

「いや、それはきっとおゆりさんだったに違いない」

清七は、暗い顔をして言った。

「とんでもねえ話を聞いちまったな」

与一郎がぽつりと言った。

三人は、しばらく黙って手酌で酒を飲んだ。

「今やおゆりさんは、紀の字屋の華だ」

小平次が言った。

おゆりが店に出ている時と、そうでない時とを比べると、商品の売れ行きに格段の差が出る。

美しいばかりでなく、凜としたおゆりの魅力は、客にもてるばかりか、同じ紀の字屋で働いている皆の胸にも、暖かいものをもたらしてきたのである。

「そうだよ、紀の字屋は、おゆりさんがいなくちゃ、やってけねえんだ。俺たちが切り絵図づくりに没頭できるのも、おゆりさんが店をきりもりしてるからだからな」

「ちくしょう、とんでもねえ男が現れたもんだな」

小平次も相槌を打つ。

「親父さんには、まだ言わないほうがいいな」

ふいに与一郎が言い、清七の顔を見た。

「親父さんにしてみりゃ、今や大きな支えだ、おゆりさんは……もう少し詳しく調べてからがいいんじゃないか」

「うむ、実は私もそう思っている。思っているんだが、店に行くと、心を痛めている親父さんを見るのがつらくてな」

清七が苦笑した。

「よし、清さん、こうなったら、早くその男を調べ上げて決着をつけようじゃないか」

与一郎が言った。

小平次もきっと清七を見て言った。

「やろう。これは紀の字屋のためだ」

「おゆりさんは、いらっしゃいますか」

紀の字屋に清七が見たこともない小間物屋がやって来たのは、翌日のことだった。

「はい、おゆりですが……」

おゆりが慌てて奥から出て来た。

小間物屋は帳場に座っている清七を気にして、

「頼まれていたものが出来上がって参りましたので」

そういうと、おゆりに紙に包んだ物を渡した。

「ありがとうございます」

おゆりは礼を言って小間物屋を帰すと、いそいそと茶の間に走った。

品物を並べていた小平次が、ちらと清七に視線を投げて来た。

おゆりが風呂敷包みを抱えて出て行ったのは、まもなくだった。

「じゃ、後を頼みます」

小平次は清七にそういうと、おゆりの後を尾けた。

おゆりは急ぎ足だった。

日本橋をわたると、堀端を東に向かった。

この河岸通りには、魚市場がずっと江戸橋に向かって出店している。仕入れの時刻は過ぎたが、まだ棒手振りや一般客の往来は繁く、おゆりはその人たちをかき分けるようにして東に進んだ。

小平次も素早い身のこなしですれ違う人々をやりすごし、先を行くおゆりを見失わないように進んだ。

おゆりはやはり、荒布《あらめ》橋を渡っててりふり町に出ると、途中で北に折れた。小平次が前に見た質屋『増田屋』に、おゆりは入って行ったのである。

風呂敷包みに入れてきたのは、着物だろうと小平次は思っていた。

待つこと四半刻、おゆりは人の目をはばかるようにして出て来たが、その時には手に風呂敷包みは持ってはいなかった。

小平次は、おゆりを呆然として見送ったが、少し思案ののち、店の中に入って行った。

間口が二間ほどの店の中では、手代が質草の着物を畳んでいるところだった。

「すまねえ、ちょいと教えてほしいんだが……」

小平次は、土間に入ると、上がり框に腰掛けて言った。

「何か」

手代は、質草らしきものも持っていない小平次を、じろじろと無遠慮に見た。

「今この店を出て行った女の人だが、いったい何を持ち込んできたんです？」

「あんた誰ですか、そんなお客のことをべらべら話すことは出来ませんよ」

何を言ってるんだこの男は、というような目で手代は見返してきた。

「すまねえ。訳があるんでさ。どうにも昔世話になった家のお嬢さんじゃねえかと、そう思ったんです。ですが、声はかけられねえ、何か困ったことがあったのかと心配になりやしてね」

小平次は巾着から小粒をつまみ出して、手代の手を引っ張り、その掌に摑ませた。

「こ、困りますよ」

「あっしの気持ちだ、とっといてくれ」

「本当に困ります……」

と言うものの、手代は一度奥に視線を走らせ誰も今の情景を見ていないと確かめると、小平次が渡した小粒を袖に落とした。

そして、手招きすると小平次に顔を寄せて小声で言った。

「この前はかんざし、この度は袷《あわせ》の着物を持ってこられました。ふたつ合わせても一両と二分、どうしても十両は欲しい、もう一度出直してくるとおっしゃって……」

「すると、これまでに持ち込んだのは、かんざしと、袷の着物一枚」

「さようで」

「そうでしたか……大事なものを手放して、よっぽど困ってるんでしょうね、お可哀想に……すると、一両二分返せないとなると、当然質流れということになるんでしょうな。どうでしょう、流すのは待ってもらえませんか」

「それが……あのお方は、預け入れの証文を書くのが嫌だとおっしゃって、全て買い取りになっています」

「なんだって、それじゃあ、質草にという話じゃないのか」

「はい、きっと、名前や住まいを書くのが嫌だったんでしょうね」

「……」

「ですからこちらは、どこのどなたなのか、存じません」

小平次は唖然として手代の顔を見た。

「他に何か……」

「すまねえが、あの人が持ってきたものは流さないでくれませんか」

「じゃ、用だてたお金はおたくが返してくれるんですね」

「なんとかする」

「名前は……おたくさんの名前です」

「小平次」

「お仕事は？」

「紀の字屋の者だ。日本橋の……」

まどろっこしくなって、懐にあった切り絵図を出した。

「これは？」

「うちの店で摺った切り絵図だ」

言っているうちに、手代の顔があっとなって、

「ああ、日本橋の絵双紙屋の」

「そうだとも、この絵図、俺たちがつくってるんだぜ」

小平次は胸を張った。

「分かりました。でも半年を過ぎれば流れます。それはご承知おきください」

手代は言ったが、関心は切り絵図にあるようで、食い入るように見詰めていた。


その頃与一郎の方はというと、池之端の初之助の囲い女の家に、三味線を習ってみたいと弟子入りを申し込み、図々しくも家の中に早速入り込んでいた。

台所婆さんがお茶を運んで来てひっこむと、

「私は、甲州石和《いさわ》の出でございますが、この江戸で一年、世の中を見てこい、何でも勉強だ、父親にそう言われて参っておりまして……」

上物の着物をきちんと着込んで、若旦那然として、女の目を見詰めた。

「まあ感心な親御さんですこと……お勉強のためにお三味線を習わせるなんて」

女は、にこりとして言った。

口元にほくろのある、めっぽう色気のある女である。

「よろしくお願いしますよ、師匠」

「師匠だなんて、私の三味線は手慰みですからね、人に教えるなんてことはした事がないんですよ」

「ですが、三味線の師匠でここいらでは通っているって」

「師匠、師匠って……」

照れくさそうに女は言ったが、まんざらではなさそうだ。

「じゃ、なんて呼べばいいんですかね」

「おみさでいいですよ」

「おみささん、いい名だ。私の田舎じゃあ、おみささんのような美しい人は見たことがありません」

「調子のいいこと言って、与一郎さんとおっしゃいましたね。本当に甲州の名主さまの息子さんですか」

与一郎を見る眼が色っぽい。

「嘘をついてどうするんですか。なんだったら、私を知ってる者を連れてきて証言させますよ」

「行ってみたいわね、甲州に」

「どうぞどうぞ、大歓迎、その時には私も一緒に田舎に帰って、おいしいものをご馳走しますよ」

「まあ、ほんとですか」

与一郎は、すっかり信用されたようだった。こういうのは、与一郎にとってはお手の物である。

「ところで、弟子にしていただけますか。していただけるのでしたら……」

与一郎は財布から、ぽんと一両を出して置いた。

「まあ……」

おみさは一両をちらと見て、相好を崩す。

与一郎は、おみさがその金をどうするのか、本当は心配でならない。

第一、三味線の月謝に一両もの大金など出さなくても良い話だ。ただ、若旦那というふれこみで上がったものだから、一朱や一分では信用してもらえないだろうと思ったのだ。だが、出した金は与一郎にはなけなしの金、全財産だった。

「分かりました、お弟子にします。本当はお月謝は月末で結構なんですが、せっかくですのでいただきます」

一両を取り上げると、おみさは拝んでから、胸元に挟んだ。

みかけによらず、しおらしいところがある女だと思った。

「では、始めましょうか。お三味線に触ったことはありますか」

おみさは、艶やかな声で訊く。

「いえ、ありません。次の時に三味線を持参致しますので、今日は口伝で」

「口伝って……」

意味が分からずきょとんとしたおみさに、与一郎はにこにこして、

「はい、ちんとんしゃん、とてちんとんしゃん、はい、ちんとんしゃん」

三味線を弾く真似をして、こういう事です、と口ずさむ。

「ほほほほ、面白い方」

おみさは、楽しそうに笑った。

二人は声を合わせて、

「ちんとんしゃん、とてちんとんしゃん、はい、ちんとんしゃん、ならちんとんしゃん、あらちんとんとんしゃん」

でたらめの音を口ずさんでは笑い合った。

襖の向こうの隣の部屋から、先ほどお茶を運んで来た婆さんが、顔をしかめておみさを睨んでいる。

だがおみさは、そんな事にはとんちゃくしない。

ころころ笑って、

「あたし、こんなに笑ったの初めてじゃないかしら……」

喉をお茶で潤してから言った。

「そりゃあ良かった。私も楽しかった」

与一郎が相槌を打ったその時、なんとおみさが涙ぐんだのだ。

「どうしたんです」

気遣う与一郎に、おみさは言った。

「いろいろね、有るんですよ。あたしは身請けされてここにきたんですから」

「……」

よしよしやっとこっちの思い通りになってきた。この女から、初之助とかいう御武家の話をこれから聞き出さなくては——。

与一郎がひとひざ、おみさの側にすり寄せた時、玄関の戸の開く音がした。

「まさか、旦那かしら」

おみさの顔が強ばった。

おみさ以上に与一郎の表情が強ばっている。

裏から逃げるべきかどうしようかと思っているうちに、玄関に出て行った婆さんが戻ってきて告げた。

「酒屋さんがお酒を配達して下さったのです。まもなく、旦那さまがおみえですよ」

与一郎は、そそくさとおみさの家を出た。

急ぎ足で辻まで来て仕舞屋を振り返ると、笠を被った武士が玄関から入って行くところだった。

——俺としたことが。

おみさに渡した一両が頭を過ぎった。

五

清七が下谷の御数寄屋町に貸本屋周助から呼び出されたのは、まもなくの事だった。

約束の時刻は、暮れ六ツ、場所は下谷広小路の忍川に架かる三橋《みはし》の前だと連絡がきた。

丁度連絡が店に来た時に居あわせた与一郎もついてきた。

なにしろ与一郎は、おみさの家に上がり込んだのはいいが、何ひとつ聞き出せずに逃げ帰っている。

今度こそは汚名返上と意気ごんでいるらしかったが、きっちりと張り付いて調べていたのは周助の方だったのだ。

二人は黙然として広小路に急いだ。到着した時には、人通りもめっきりなくなった三橋の袂に、一人ぽつんと着流しの男が立っていた。

それが周助だった。月は満月に近く、目を凝らすまでもなく、良く見通せた。

「初之助さんがおみさの家を出るのはもうすぐだ。一緒に来てくれ」

周助はそう言うと先に立って歩いた。

「何かあったのか」

与一郎が追いつきながら訊いた。

「初之助さんの正体が分かるぜ」

周助は思わせぶりな口調で言った。

三人は、おみさの家が見える物陰に腰を落とした。

待つこと四半刻、着流しの初之助が出て来た。

初之助は頬かぶりをしていた。ひとの目を避けながら、御数寄屋町の路地に入ると、黒塀を巡らした大きな町家の中に入って行った。

「あの家は、御数寄屋坊主の家ですよ。名を白井貞順《しらいていじゅん》といって扶持は三十俵。表の顔はそういうことですが、裏の顔は、下級旗本、御家人たちを集めて博打場を提供している性悪の茶坊主です」

周助は、初之助が消えて行った黒塀の潜り戸を睨んで言った。

「すると何か、初之助は、常々あの家に出入りしているというのか」

与一郎があきれ顔で訊いた。

「そうらしい。清さんに頼まれて、あっしも放っちゃあおけねえから、あれからずっと初之助さんを尾けてたんです。お陰で貸本屋はあがったりです」

「すまない。きっと何かで埋め合わせる」

「とかなんとか言って、あっしが馬鹿なのか、清さんがそうさせるのか、清さんに頼まれたら嫌とはいえなくなっちまうんだあっしは」

清七は苦笑した。

周助の背中をぽんぽんと叩くと、

「もう帰っていいよ。後は二人でここで待つ。本当にすまなかった」

周助を見送ってまもなく、なんと早々に初之助が潜り戸から押し出されるように出て来たではないか。

「清さん、やつだ」

与一郎が声を上げた。

初之助を押し出して来たのは、やくざ風の二人の男だった。

二人にあらがってもう一度中に入ろうとする初之助の肩を、二人は両脇から摑んで門前に突き飛ばした。

「初之助さん、旦那様は、あんたにお貸しする金はもうないとおっしゃってる。遊びたければこれまで借りた分を持ってくるんだ」

初之助はぐいと睨んだ。その手が刀の柄を握った。

「町人のくせに愚弄するか」

その声を聞いて清七が飛び出して行った。

初之助が男の一人に刀を振り下ろそうとしたその時、間一髪、飛び込んだ清七が、男を突き飛ばし、初之助の懐にすばやく入ると、振り下ろしたその腕を摑んでいた。

「お侍さん、馬鹿な真似は止《よ》しなさい」

清七は初之助に厳しい声で言った。

「誰だお前は、お前も貞順の用心棒か」

「私は通りがかりのものです」

「無礼者め、放せ！」

「相手が町人とはいえ、斬り捨てれば、あなたさまもただではすみませんぞ」

「くっ……」

初之助は悔しそうな目で清七の横顔を睨んだ。

「後は私にお任せなさい、さあ」

清七は小さな声で初之助に言った。

初之助は、無念の目を二人に投げるが、しぶしぶと刀をおさめた。

だが、清七に礼も言わずに、初之助は足早に帰って行った。

「ちぇ」

初之助に斬られそうになっていた男が、襟を直して清七に近づいて来て頭を下げた。

「兄さん、助かりました、恩にきやす」

もう一人も近づいて来て、清七に頭を下げた。

清七は見据えて言った。

「悪いのはあのお侍ばかりではあるまい。お前達もあまりあくどい事をしない方がいいぞ」

「な、なんだよ、てめえ、誰だ」

男達は身構える。

「いいか、先ほどのことは他言無用にした方がいいな。万が一、あの侍をこれ以上痛めつけるようなことをしてみろ、私は、この屋敷で何が行われているか即刻訴える」

「兄さん、わかってますよ」

薄笑いを浮かべながら、じりじりと後じさりする一人の男の腕を、清七はふいに摑まえた。

「な、何するんだ」

「ひとつ訊きたいことがあったのを思い出したんだ」

「いてて、早く言ってくれ、腕が折れちまう」

悲鳴を上げる男の顔に、

「今の御武家の事だ」

「なんだって」

「いつからここに出入りしている。何故追い返されたんだ……言ぇ」

清七はもう一度男の腕を締め上げていた。


「あっ」

菜を刻んでいたおゆりは、左の指を見た。

人差し指から、真っ赤な血が噴き出している。

「まあ、たいへん。誰か！」

おとよが大きな声を張り上げる。

「どうしたのだ」

台所に清七が入って来た。

「おゆりさんが怪我を、包丁で指を切ったんです」

清七は、すぐに茶の間に入った。

茶簞笥の下の引き出しから、晒しの包帯と血止めの軟膏を持って台所に戻ると、おとよが用意していた焼酎の入ったとっくりを取った。

「少ししみるが我慢をして下さい」

清七は、焼酎を口に含むと、おゆりの手を引き寄せた。

細くて柔らかい手に、清七はどきりとしたが、その心の動揺を打ち消すように傷口に焼酎を吹きかけた。

しかし、血はすぐに噴き出して来る。

「薬をつけるより、まずは血止めだな」

指の根元を素早く縛ると、

「いったいどうしたんですか」

「すみません、私の不注意でお騒がせして」

おゆりの声は小さかった。

するとおとよが横から言った。

「お昼のお菜を作ろうとしてたんですよ。私がやれば良かったんです」

「いいえ、おゆりさんのせいではありません」

「いいえ、おゆりさんはお台所仕事はまだまだ、慣れてはおられません」

「おとよさん」

「私は嫌みを言ってるんじゃないんです。おゆりさんの、その手をみれば分かります。それなのに、近頃は時々ぼんやりなさって。包丁を持った時には、神経をそこに集中しなきゃ危ないんです」

「本当にごめんなさい、以後気をつけます」

「どこかお体の具合でも悪いのではありませんか。私はね、おゆりさんは忙しすぎるって思いますよ。清七さん、おゆりさんは旦那さまのお世話だってあるんですからね。外の御用までおしつけてはかわいそうです」

おとよは清七を咎める顔で言った。

外でおゆりが男に会っているなど、知るよしもないおとよである。

言いたいだけいうと、おとよは焼酎の入ったとっくりを抱えて、台所の棚に向かった。

「あとは私が……」

おゆりは、膝元の包帯を取り上げると、奥の自室に向かって行った。

――一度はおゆりと話さなければならない。

おゆりの頼りなげな後ろ姿を見送りながら、なかなかその話を切り出せない清七である。

だが、その機会は突然巡ってきた。

その日の午後、突然しとしとと雨が降り出し客足が途絶えた。

それを見計らったのかどうか、おゆりが出かけて行ったとおとよが清七に告げに来たのだ。

「様子が変でした。手文庫から懐剣ていうんですかね、小さ刀を取り出して眺めていらしたのですが、それを風呂敷に包んでお出かけになったのです」

「何、どこに行くと言って出たのだ」

「訊けませんでした。今お出かけになったところですので、追っかければ、まだそのあたりに」

おとよの話を終いまで聞かずに、清七は傘を開いて店を飛び出した。

日本橋の西袂は高札場になっている。晒しの刑がある時には、大勢の人だかりが出来るのだが、今はその晒し場に、冷たく細い雨が落ちていた。

清七は橋の袂で左右を見渡したが、おゆりの姿は無かった。

立ち止まって思案している場合ではない。

清七は足を江戸橋に向けた。

おゆりは、金の工面をするために、小平次から聞いた堀江町の質屋に行くに違いない。清七はそう思ったのだ。

蔵屋敷を抜け江戸橋を渡って北袂におりると、清七は柳の木の下に立った。

——私の方が足が速い筈だ。

おゆりさんが小平次が言っていた堀江町の質屋に行くのなら、必ずここを通る。

清七はそう考えて待つことにしたのである。

江戸橋の下を、俵を積み上げた船が、くぐっていく。船頭は二人、大きな声を出し合いながら、雨に打たれて川上に上って行った。

秋の雨は降り始めると、何時止むやも知れない降り方をする。止んだと思ったらまた降り出す。そうして繰り返しているうちに、気がつくと秋はすっかり深くなっているのである。

清七は雨を通して辺りを見渡していたが、風も少し出て来たのに気付いた。

開いている傘に、柳の木の枝の先が時折の風に揺れて当たり、さらさらと鳴る。

傘を傾けて柳を見上げると、枝に沿った細い葉っぱが黄に色づいて、雨と一緒にはらりはらりと落ちていた。

桐の葉と柳の葉は他の葉に先立ちて色づく。

知らぬまに紅葉の季節にもはや入ったようである。

――来た。

目を転じた清七は、こちらに向かってやって来る女をとらえていた。

傘を少し傾けるようにして楚々として歩いて来るのは、間違いなくおゆりだった。

おゆりは、清七には気付いていないようである。

清七の前を通り過ぎようとするおゆりに、

「おゆりさん」

清七は声を掛けた。

「清七さん」

おゆりは、驚愕した顔で清七を見た。

「気を悪くしないで下さい。親父さんも私も皆も、おゆりさんを案じているのです」

六

長い沈黙のあと、清七は言った。

二人が居るのは本船町の蕎麦屋の二階の小座敷だった。

突然目の前に現れた清七に驚くおゆりを、清七は有無を言わさず蕎麦屋に連れて行き、小座敷を借りたのだ。

何故清七がそんな態度に出たのか、おゆりはうすうす感じ取っていたらしく、神妙な顔でついてきた。

二人の前に頼んだ蕎麦が置かれているが、手をつけてはいなかった。

酷だと思ったが、清七は何の前置きもせず、伊沢初之助は、おゆりに嘘を並べて金を引き出そうとしているようだと告げた。

御数寄屋町の坊主白井貞順に多額の借金がある事も話した。

貞順の邸宅の見張り役だったやくざな二人から聞き出したことだが、初之助は、貞順からおみさ身請けの金三十両を借りたらしい。

ところが初之助は返済に困って、それを博打で返そうとしたらしいのだ。

結局、ますます深みにはまって借金を増やすことになり、この月末までに十両の返済が出来なければ『勤めを怠り、女を囲っている』ことを組頭に伝えると貞順に脅されているらしいのだ。

むろん清七は、初之助が金を借りたのは女のためだったなどという話はおゆりにはしなかった。そこは、遊興費に使ったのだと嘘をついた。

万が一おゆりが初之助に思いを寄せているかもしれないと考えたからだ。そんな生々しい事実を知らされて動揺しない人はいない。

「もし、その包みが、金をつくるための質草なら、考えを変えたほうがよいのではないか。おゆりさんのためにも、初之助殿のためにも……」

清七は、おゆりが膝横に置いてある紫の風呂敷包みを、ちらと見た。

「清七さん」

顔を上げたおゆりの双眸は悲しみに溢れていた。清七は胸をつかれて絶句した。

「清七さん、ごめんなさい。私はこのたびの事は、避けては通れない、そう自分にいい聞かせてきたものですから……」

おゆりはそういうと、呼吸を整えてから、

「実は私は、昔徒目付《かちめつけ》の娘でした……」

清七は頷いた。

「父は、御目付さまから御用を命じられると、何ヶ月も屋敷に帰ってくることはございませんでした。でも、母も私も、もちろん家の誰も、どこに父が出かけて行ったのか、何時帰ってこられるのか、そう言った話は致しませんでした。それが家のしきたりでした」

「……」

「でもそれが、どういう意味なのか。父がどれほど大変なお仕事についているのか、段々と分かってくるようになりました。初之助さまとのご縁は、わたくしが十七歳の時でした。しかるべき人からお話があり、許嫁《いいなずけ》になったのです」

「許嫁……」

「はい、わたくしの母と、初之助さまの母上さまとは、御茶道仲間、許嫁と決まってからは、何度かお茶を通じてお目にかかったことがありました」

当時初之助には、さるお旗本の次女との話もあったようだ。

その娘を娶《めと》れば出世出来るかもしれないと初之助は迷ったらしいが、おゆりと会ってから気持ちはおゆりに傾いて、その話は断ったと聞いていた。

ところがそんな折、帰って来た父親を見て喜んだのも束の間、父親が自害して果てた。遺書もなく、お役目の上で何か手落ちがあったとしか思えない、まさに青天の霹靂としかいいようのない自害だった。

家はお取りつぶしになり、屋敷を追い出されたおゆりと母親は、下谷の長屋で細々と暮らしていたが、慣れない日常に母親が倒れた。

既に屋敷を出た時に持ち出した金は使い果たし、家財什器も売り渡して母の治療費に充てる金が無い。

おゆりは、母を大家に頼んで、吉原の浪速屋に奉公に出たのであった。

吉原の奉公とは、女中や仲居をやる事ではない。厚化粧を施されて旦那を持つという事だ。

おゆりが松葉と名を変えて、その披露目があると決まったその日、おゆりは突然現れた藤兵衛に身請けされたのだった。

「私は、あなたのお父上のことは良く知っている。母上のもとに帰るのです」

藤兵衛はそう言って、おゆりを長屋に連れて帰ってきてくれたのだが、母はまもなく亡くなったのである。

「私のところに来れば良いのです。今までの苦労をいやしなさい」

藤兵衛は言ってくれたのだ。

「お言葉に甘えて、三年になります。ええ、そうです。清七さんが紀の字屋に来るようになる少し前です、私が紀の字屋で暮らすようになったのは」

「……」

清七は言葉が無かった。少しずつ、藤兵衛とおゆりとの仲に抱いていた疑問がはがれていく思いで清七は聞いていた。

おゆりは言った。

「私、初之助さまには何も言わずに屋敷を出ました。申し訳ないと思っていました。その初之助さまと再会し、私のために大切な人生を踏み外したと告白されて……」

おゆりは、深いため息をついた。

「放ってはおけないと？」

清七が訊いた。

おゆりは、こくりと頷いた。

「だからお金ですか」

「初之助さまは」

　おゆりは顔を上げると、

「私との事が無ければ、今頃ご出世なさっていた筈ですもの」

「それも、初之助殿が言ったのですか」

「………」

　今度は清七がため息をついた。

　やはりしっかりしていると言っても、お嬢さん育ちだ。初之助の言う事を鵜呑みにして質屋に何度も足を運ぶとは、これまで清七が見て来たおゆりらしくなかった。

「大切な懐剣を質屋に出してまで、救わなければならない人ですか」

　清七は一転、厳しい口調で言った。

「………」

　おゆりは、はっと顔を上げて清七を見た。

「いまさらあなたが、そんな事をしなければならない義理はないでしょう」

「でも」

「あの男より、あなたの方がずっと苦労しているんだ。あなたは、父親が自害してお家が断絶し、母上と路頭に迷った。その苦しみを、あの男は少しでも担ってくれたんですか」

「……」

「あなたは初之助殿に黙って屋敷を出た、それが心の重荷になっていると言いましたが、それはおかしい」

「清七さん」

おゆりは、清七の静かな怒りに驚いていた。

「いいですか、私が初之助殿なら、どんな手を尽くしてでも、あなたを探します」

おゆりは、顔を伏せた。清七に示されて、はじめて別な角度から初之助との仲を見ることに気付かされて動揺している風だった。

おゆりの脳裏には、父親が自害する少し前の秋の頃、初之助と二人で向嶋の秋葉権現にもみじを見にいった時の光景が忘れずにある。

裏門の、数十本ものもみじが見事な色を染め出したこの日、境内にはつい先ほどまで雨が降っていて、落葉したもみじの葉が、瑞々しい赤を放っていた。

おゆりは、その紅染の葉の道で、いきなり初之助に肩を抱きしめられたのであった。

人の目を忍んで、慌ただしく唇を合わせたが、その時、おゆりの脳裏は、雨に濡れたもみじの赤が埋め尽くしていた。

経験したことのない衝撃的な体験は、未だに時折おゆりの脳裏をかすめる時がある。

──紅染の雨……。

おゆりはそこから、まだ抜け出せてはいない。改めてそう思った。

おゆりは顔を上げて清七にきっぱりと言った。

「これっきりです。行かせて下さい。これ以上、紀の字屋にも、清七さんにも、皆さんにも心配はかけません」

おゆりは風呂敷包みを抱えて立った。

清七は、階段を下りていくおゆりの足音を、目をつむって見送った。


三日後のことである。

おゆりは、秋葉権現の境内にいた。

もみじの木が立ち並ぶ小道には、まだ紅葉の頃には少し早い木々の葉の間から、午後の日が林の中に落ちていた。

おゆりは今日、ここに初之助を呼んだのだった。

段袋を手に、おゆりはあたりを見渡した。

段袋というのは、江戸より上方で流行っている袋で、紙や手巾や化粧道具などを入れて持ち歩く手提げの小袋のことである。

その段袋の中には、懐紙に包んだ十両という大金が入っていた。

金は、清七の制止をふりきって、質屋で懐剣とひきかえにつくったものである。

かつて身につけていた大切なものだが、今のおゆりには無用の物、それより初之助に金を渡して、心に決着をつけたかった。

清七に言われるまでもなく、おゆりは初之助が、かつての初之助ではなく、堕落した、女の臭いをまとった男に成り下がっているのに気がついていた。

突然初之助から呼び出し状を貰った時には、このもみじの林ではじめての愛を交換しあった時のことが鮮明に思い出されて胸のときめきを抑えることが出来なかった。

ところが三年ぶりに会ってみると、初之助に昔の面影は少しも無かった。

衝撃を受けているおゆりに、初之助は昔のように愛情を口にはしたが、言葉はそうでも、発するその声音に、心がこもっているようには思えなかった。むしろ、おゆりの心を確かめているような、からかっているような、そんな感じがした。

それでも初之助に現在の窮状を訴えられると、おゆりは同情せずにはいられなかったのだ。

かつて自分の心をとらえた人が、哀れな言葉を並べ立てているのを見ると、この人を、私は本当に伴侶と見て夢中になっていたのだろうか、と自分も惨めな気持ちになるのであった。

母親が病に臥せっていると聞いたのも、おゆりの胸を痛めていた。

少なくとも、昔の初之助ではないと気付きながらも、おゆりは現実を直視する気持ちにはなれなかったのだ。

ただ、会えば最後には金の無心に落ちつく初之助を知って、おゆりは、初之助が自分に会っているのは、ひとえに金ほしさであるのだと思い始めていた。

その疑いは、清七の話を聞いて揺るぎないものとなった。

ただそれでも、清七の言葉を振り切り初之助と再び会おうと思ったのは、初之助のためではなく、自分の心に決着をつけるためだったのだ。

おゆりは、小道に千々に乱れる日の光を眺めた。風が起きる度に光の玉は、心許なく揺れているのだ。

「ゆり殿」

おゆりは、ふいに声を掛けられた。初之助の声だった。

その方に顔を向けると、初之助が小走りして近づいて来た。

「どうしたのだ、こんな場所に呼び出して」

「すみません。どうしても、ここでお会いしたかったのです」

「ふっ」

初之助は笑った。その目がおゆりの体を舐めるように見た。

おゆりは視線を外した。そして段袋から、懐紙に包んだ十両の金を出した。

「お使い下さい。でも、これ以上私にはお金をつくる事は出来ません」

「すまない、きっといつかそなたに返すゆえ、待っていてくれ」

「いいえ、返して下さらなくてもいいのです。初之助さまがこれで立ち直って下さるのなら、私はそれでいいのです」

「ゆり殿」

近づいておゆりの肩に手を掛けたが、おゆりは、するりとその手から逃れた。

そしておゆりは言った。

「これでお別れでございます」

「何……」

「私は昔のゆりではございません。そして、初之助さまも、昔の初之助さまではないと存じます」

「……」

初之助の顔が、醜くゆがんだ。

「ここに今日来ていただきたいとお使いを致しましたのも、ここから、出直したい、そう思ったからです」

思い悩んできたのだが、おゆりは意外にも、気丈に、すらすらと初之助に別れの言葉を発することが出来るのに驚いていた。

「ふん、つまり、ここで俺とそなたが唇を合わせたことを、忘れたい、そう言うことだな」

初之助は、投げやりな、皮肉たっぷりな口調で言った。

おゆりは黙って頭を下げると踵を返した。

「おい、待てよ」

初之助の声が縋《すが》って来たが、おゆりは振り向かなかった。

「ふん、老人の妾のくせに、生意気な事をいうものだ」

哀しげに去って行くおゆりの背に、初之助は毒づいた。

だが、

「あっ！」

誰かに後ろから体を摑まれたと思ったら、くるりと体を回されて、頰に鉄拳が飛んで来た。

初之助は一間は飛んだ。腰から落ちて恐怖の顔で見上げると、怒りの顔で男が近づいて来た。

「紀の字屋の清七という」

男は言った。

「き、紀の字屋……」

「そうだ。伊沢初之助、それでも武士か。恥を知れ」

清七は初之助を一喝すると、凝然と座る初之助を置いておゆりの後を追った。

おゆりは、境内を出るところだった。

「おゆりさん」

呼びかけると、おゆりがこちらを向いた。

「………」

おゆりの表情は、これまで見たこともない哀しみに包まれていた。

「無事で良かった。心配で尾けてきていたのだ」

「清さん……」

「帰ろう。親父さんが心配して待っている。いや、親父さんだけではない。与一郎も小平次も、みんなもだ」

「………」

「私も心配した……」

じっと見た清七に、

「清七さん……」

おゆりは小さな声で応えた。歯を食いしばっているように清七には見えた。

清七は大きく頷くと、

「何も心配することはない」

優しく言った。その言葉に、

「清さん……」

おゆりの双眸から、ほろり、またほろりと涙が溢れて来た。

痛々しかった。翼をもぎ取られた小鳥のようにおゆりが見えた。

清七は抱き留めてやりたい衝動にかられたが、懸命にその思いを押しとどめた。

すると、

「清七さん」

おゆりが清七の胸に飛び込んで来た。

清七は黙っておゆりの体を受け止めた。


清七は、小川町切り絵図のためし摺りを確認したのち、午後は紀の字屋を出た。

与一郎には夕刻に戻ると告げて、下谷の光輪寺に向かった。

数日前に母の墓石が出来上がり、清七と彦蔵とおつねの三人で『開眼法要』と『納骨法要』を行ったばかりだが、まずは小川町切り絵図がなかなかの出来栄えで、それを母に報告しようと思ったのだ。

寺の門前には、見知らぬ塗駕籠がひっそりと留めてあった。

六尺が駕籠のまわりで休んでいたが、光輪寺は臨済宗の有名な寺で武家の墓も多い。

清七は、ちらと視線を走らせたのち境内に入った。

この寺の墓地は、なだらかな坂道を少し上ったところにある。

坂道は女坂と男坂と二つあるのだが、清七は男坂を上った。

線香を片手に、もう一方の手には桶を持ち、母の面影を慕いながらゆっくりと上った。

――おやっ。

清七は、墓に新しい花が添えられていて、まだ線香の煙が立ち上っているのに驚いた。

桶を持ったまま、ぐるりと辺りを見渡したが、それらしい人の影は無い。

おかしいなと思いながら桶を置いて、はっとした。

――長谷の……父か。

清七は、桶を置いたまま、もと来た道を戻った。

門前にいたのは、長谷の父の駕籠だったのかも知れない。途中で会わなかったのは、父が女坂を下りたからだ、と思った。

清七は全速力で境内を駆け抜けると表に出た。

そこで清七は立ち尽くした。

先ほど門前に待機していた塗駕籠が、ゆっくりと遠ざかるのを、清七は見た。

「父上……」

清七は呟いていた。途端に胸苦しいほど胸が熱くなった。

こみ上げる感情を抑えながら、清七は秋の白い光を浴びて遠ざかる武家の塗駕籠を見送った。

第三話　夔《き》の神

一

「なあに、人気の浮世絵師の摺りも結構ですが、こういう、絵図の摺りの方がやりがいがありやす」

摺師の喜八は、おゆりが出した茶を飲み餅菓子を頬張ると、その手の指先を、おゆりが用意しておいた濡れた手巾で拭きながら言った。

喜八は、彫師の長兵衛が彫った『主版《おもはん》』で摺った『版下絵』を持って紀の字屋にやって来たのである。

これで文字や線の出来具合、誤字がないかどうかを紀の字屋の者が確かめたのち、喜八に色の指定をして、使う色の分だけ長兵衛が版木をつくり、その上で喜八が摺りに入るのである。

墨一色か、あるいは紅摺絵の地図ならまだしも、紀の字屋がやろうとしているのは錦絵と同じような多色摺りを目指している。

そうなると、切り絵図を完成させるためには、複数枚の版下絵がいる。色を入れる部分ごとに版木を変えて彫らなければならないからだ。

つまり彫師は何枚も彫らなくてはならないし、その版木を手渡された摺師もまた、これまでの地図にはなかった手間を掛けなければならなかった。

「そう言って下さると、こちらもありがたい。なにしろうちの仕事が錦絵の仕事を邪魔しているんじゃないかと、親方には申し訳ないと思っていたのです」

清七は笑みを湛《たた》えた顔で、四角い面《つら》つきの喜八を見た。

喜八は浮世絵を摺れば江戸随一と言われている職人で、弟子も五人はいる有名な摺師である。

彫師の堀長こと長兵衛同様、喜八も紀の字屋とのつきあいが長く、切り絵図制作の一翼を担って貰っているが、果たして、気の進まない仕事になっているのではないかと清七は案じていたところがある。

「そりゃあとんでもねえ見当違いだぜ、清七さん」

喜八は笑みを返すと、すぐに真面目な顔で言った。

「今じゃあ彫師も、美人画や役者絵の顔を任される者が格上のように言われるようになりやしたが、一昔前までは、文字を彫る彫師が腕が上だったんだ。昔とった杵柄じゃねえが、堀長は文字を彫らせたら誰も堀長の右にはでられねえって言われる程の腕を持ってる。細かい文字、細い線、画数の多いものだって物ともしねえ。与一郎さんが描き込んだ細い線、清七さんが書いた文字、それを堀長がきっちりと彫ってあっしに届けてくれるんでね。あっしだって、その線や文字一つ、曖昧な摺りにしちゃあ摺師とはいえねえ、そう思いやしてね。この仕事だけは弟子に任せずあっしが摺ってるんでさ」

喜八はひとしきり、摺師としてのうんちくを並べたのち、

「いけねえ、ついながっちりになっちまった。それじゃあ」

立ち上がったが、

「それはそうと、与一郎さんですが、何かあったんですかい」

ふと思い出したように訊いた。

「なにかって……与一郎さんがどうかしたのですか」

おゆりもつられて案じ顔で聞き返した。

「いやなにね、昨日の夕刻、日本橋の高札場の前ですれ違ったんですがね、あっ

しに気づきもしねえ。声を掛けようと思ったんですが、あんまり思い詰めたような顔をしていたものですから、遠慮しました」

「おかしいな」

清七が首を捻っておゆりを見ると、おゆりははっとして、

「そういえば、昨日だったかしら、飛脚が持って来た手紙を読んでから、なんとなく落ち着かない様子で」

「手紙を……」

清七は怪訝な顔で聞き返した。

「それが実は……手紙は親父から」

与一郎は決まり悪そうに上目遣いに言った。

「親父さん……なんだ、親父さんからの手紙だったのか」

清七は聞き返すと、与一郎を囲んだ心配顔の、おゆり、小平次を見た。

小平次がそれを受けて言った。

「帰って来い、そう言ってきたのか」

「いや、事と次第によっては、そうなるかもしれねえ。というのは、ちょいと事

情があってな」

　与一郎は、いいにくそうである。

「何をもったいぶってんだ。この忙しい時に、皆心配でお前の帰りを待ってたんだぜ。おしゃべりの癖に、なんなんだよ」

「実は、親父が、この江戸に出て来るんだ」

「へえ、わざわざ倅を連れ戻しにかい」

「いや、表向きは、あの辺りの名主総代として、夔《き》の神の御輿をお守りしてやって来るんだ」

「きのかみ、あの夔の神か。うちのおふくろが病に臥せっていた時にくれた、あの御札の神か」

　小平次が驚きの声を上げた。

　与一郎は頷くと、

「そうだ。深川の、富岡八幡宮の境内で、夔の神の出開帳《でがいちょう》をやることになったらしい」

　ご開帳とは、寺などの秘仏を期間を定めて公開することだが、その寺院で開帳するのを居開帳《いがいちょう》と言い、他の寺院の境内を借りて開帳するのを出開帳と言う。

成田山や川崎大師、善光寺などは江戸ではおなじみだが、他にも有名な寺の出開帳は毎年行われていて、人々の関心を呼んでいた。

「珍しいですね、仏像のご開帳は毎年のことですが、ご神像の出開帳とは」

おゆりが興味深そうに訊く。

小平次も待ち遠しそうに言った。

「楽しみだな、俺もおふくろを一度は連れて行ってやらなくては……で、何時《いつ》親父さんは来るのだ？」

「手紙を飛脚に頼んだのが、石和《いさわ》を出発する前のようだったから、ひょっとして明日か明後日には、やって来るかもしれないんだ」

「しかし、大事な仕事で来るんだから、おまえさんの事だけで来るんじゃない、だろ」

「暇を見て、この店に来ると書いてある」

「いいじゃないか」

清七が言った。

「何も怯えることはないじゃないか。昔はともかく、今は立派に紀の字屋の一員として仕事をしているんだ。ありのままを見て貰えば、親父さんだって、首に縄をつけてまで連れて帰るなんていうものか。第一そんな事になれば、この紀の字屋が困る。まだ切り絵図は緒《いとぐち》に就いたばかりだぞ」

「だから……」

なさけない顔で清七を見た与一郎は、次の瞬間、一大決心をした顔になって言った。

「すまない。その事で、みんなに頼みたいことがあるんだが」

清七、小平次、おゆりの顔を順番に見た。

「言ってみな、言わなきゃわからねえじゃねえか、ったく、まどろっこしい奴だ。言え」

小平次に促されて、与一郎は一気に口走った。

「すまんが清さん、親父がここにやって来た時だけでいいんだ。俺が、この店を任された事にしてもらえねえだろうか」

「何……お前、今何て言ったんだ？」

小平次があきれた顔になった。

「だから、清さんの役を俺に振ってもらって、俺がこの紀の字屋の主《あるじ》ってことだよ」

「馬鹿なことを言うもんだ。そんな話に乗れるもんか、なあ、清さん」

問いかけられた清七も、唖然として与一郎を見た。

「すまねえ」

与一郎は、飛び退くように膝退すると、大げさに両手をついて、

「金輪際だ、頼むよ、この通り……まさか親父が江戸に出て来るなんて夢にも思わなかったから、切り絵図が摺り上がった時に、一枚送って、その時に、自分の才覚が藤兵衛の親父さんに認められて、店を任されたんだって大風呂敷を拡げて書き送ったんだよ」

「お前という奴は……どこまでいい加減な男なんだ」

小平次は、怒りにまかせて与一郎の胸倉を摑んだ。

「だからすまねえと言ってるじゃないか」

「すまないよ!……どうせ自分一人の手柄話に仕立てて書き送ったんじゃないのか」

「そうでも書かなきゃ、あの頑固者が、黙っているものか」

「この野郎」

拳固を振り上げた小平次を清七が止めた。

「小平次、許してやれ」

「だって、こいつ調子に乗りすぎですぜ」

「気持ちは分かる。与一郎には悪気はなかったんだ」

「ちっ」

小平次は与一郎の胸倉から手を離すと、

「だったら、いい機会だ。親父さんに本当のことを言うんだな。紀の字屋に拾ってもらってやっと江戸での居場所を手に入れたってな」

「………」

しゅんとして座り直す与一郎に、清七は言った。

「分かった、うまく親父さんをだませるかどうか、やってみようじゃないか」

「清さん……」

思いがけない言葉に、与一郎の声が縋り付く。

「与一郎さん、旦那さまには私からうまく話しておきますからね」

おゆりも助け船を出した。そのおゆりに、清七は念を入れた。

「すまないが、庄助と忠吉にも話しておいて貰った方がいいな。与一郎の親父さんがやって来た時には、与一郎を旦那さんと呼ぶようにな」

「恩にきます。この通りです」

与一郎は、深々と頭を下げた。

二

その頃、与一郎の父富岡惣兵衛《とみおかそうべえ》は、夔の神の御神像が鎮座する厨子《ずし》の御輿を近辺村落の若者に担がせて、甲州街道から内藤新宿に入り、名主善右衛門《ぜんえもん》宅に到着したところだった。

総勢は三十五人。

一帯の名主総代の惣兵衛と、惣兵衛の家の奉公人が二人、近隣の村落の名主三名とその名主三名が備って連れてきた若者が二人ずつ、そして夔の神の御神像を置いてある岡神社の宮司、禰宜《ねぎ》、巫女、笛太鼓の囃子方と、神社方を世話する雇い人二人、御輿担ぎの若者五人、全員の江戸滞在中の荷物を運ぶ者十人、都合三十五人にも及ぶ一行が厨子の入った御輿を守るようにして宿場に入って来たのだから、瞬く間に人々の注目を集めた。

一行を迎えた善右衛門は、内藤新宿では本陣の宿『藤田屋』を営む土地の実力者である。

　その善右衛門が夔の神に以前から興味を持っていたらしく、惣兵衛たちを、わざわざ表に出て、手厚く出迎えてくれたのは驚きだった。

　新宿まで来ればもう江戸に着いたも同じで一気に深川まで行こうと思えば行ける距離だ。

　だが惣兵衛たちは、ここで一泊して身なりを整え、明日早朝宿を出立して、御府内を練り歩いた後、深川に入る予定だった。

「まことに本日は良くお立ち寄り下さいました」

　部屋に通されると、惣兵衛たち名主と宮司は、善右衛門の挨拶を受けた。

「いやはや私もそうですが、女房が以前甲州の方から夔の神の話を聞いておったものですから、はい、楽しみにお待ちしておりました」

　善右衛門は若い内儀を連れて座敷に顔を出すと、丁寧な挨拶を述べた。

　惣兵衛たちが宿に入って一刻、俄《にわか》に外が騒がしくなったと思ったら、番頭が部屋にやって来て、こう言ったのだ。

「たいへんなことになりました。表には夔の神を拝みたいとおっしゃる方たちがたくさん御府内から押しかけてきまして、百人にはなりましょうか。御輿は明日出発だと伝えますと、それじゃあというので、この新宿の宿に逗留するらしく、たいへんな賑わいになっています」

と言うのである。

番頭が下がると、名主の一人で巌五郎《いわごろう》という男が、

「総代、思惑通りになってきましたね」

嬉しそうに言った。

惣兵衛はじめ巌五郎たち名主は、村から江戸に出た者、江戸の知己を頼りに、何ヶ月も前から、夔の神出開帳を宣伝してきたのであった。

ここまで入念に準備した以上、惣兵衛はじめ名主たちは、必ず成功させなければならない使命があった。

というのも、先年の笛吹川の大洪水で田畠は流れ、皆難儀な暮らしを強いられていた。

なにしろ甲斐という国は米が育たないところである。水菓子の生産に力を入れていると言っても、日常口にする雑穀や野菜を作る畑が水没に遭っては暮らしがなりたたない。

今度の出開帳で拝観料がたくさん集まれば、神社の屋根葺きに使う経費だけで

なく、困窮している村々に、神の施しとして分け与えることが出来る。

「ふっふっ」

惣兵衛はこみ上げる笑いを噛みしめていた。

まだ始まったばかりだが、ことは計画通り進んでいる。

――成田山を真似て、そっくりそのまま。

夔の神を喧伝しながら、深川に向かおうと考えているのである。

惣兵衛はあらかじめ、天保の頃に、成田山がどうやって江戸に入ったかを調べさせていた。

それによると、天保四年三月、不動明王を輿に乗せて江戸出開帳にやって来た同行者は総勢百人、江戸入り前日、千住の宿で一泊した。

翌日五ツ半に宿を出発すると吉原に向かい、そこで休憩した後、日本橋筋を練り歩き越後屋で休息、そして深川に向かっている。

一日掛けてご本尊を喧伝して行くうちに、輿に寄り添って同道する人々が千人にもふくれあがって大行列となったというのである。

成田山ほどの規模ではないが、その先例を目指した惣兵衛の計画は、この内藤新宿の熱狂ぶりで図に当たったことが証明されたのである。

「巌五郎さん、楽しみじゃないかね。こちらは規模は遥かに小さいが、お美津《みつ》の方さまのお言葉があって出開帳になったのだ。これほど心強いことはありませんよ」

「はい、確かにそうですな。それにしても、頼りになる御女中が大奥にいたものです」

巌五郎も相槌を打った。

お美津の方というのは、今将軍家慶からご寵愛を受けている側室である。

そこに甲州石和出身のおみわという娘が大奥にご奉公に上がり、お美津の方付きの女中になり、小萩《こはぎ》という名を名乗っている。

おみわは、石和代官所に勤める手代の娘で、噂や読本で見た大奥にあこがれていたらしい。

その話を聞きつけた惣兵衛が、江戸の水菓子問屋で日本橋に店を持つ『大松屋《おおまつや》』に相談し、旗本二百石田村和三郎《たむらわさぶろう》の養女にして大奥に送ったのである。

その小萩が、お美津の方が重い風邪で臥せった時に、夔の神の御札を献上し、無事病が快癒したことから、今回の出開帳に繋がっていったのであった。

「それはそうと、今度の旅で、ご子息の与一郎さんを連れて帰られるおつもりですかな」

別の名主、八郎兵衛《はちろべえ》が訊いた。

「いやいや、様子は見てこようと思っていますが、今回は連れて帰ることは致しません」

「何をしておられましたか……確か広重先生のところにいらっしゃるとお聞きしていますが」

「先生のところはお暇を頂いております。今は日本橋の紀の字屋という絵双紙屋を任されて、切り絵図をつくっています。そうそう、これです」

惣兵衛は、懐から油紙に大切そうに包んだ切り絵図を出して、皆の前で広げて見せた。

「ほう」

皆の間から驚きの声が上がった。

「まだまだ、始まったばかりのようですから、しばらく様子を見てやろうかと考えています」

惣兵衛は胸を張った。

あの頼りない倅が、世間に通用する仕事をしているのかと思うと、やはり親ばかぶりを発揮してしまうのである。

巌五郎や八郎兵衛ばかりか、宮司や禰宜まで、感心して切り絵図を覗いている姿に、

——褒めてやらねばなるまいな。

惣兵衛は相好を崩して考えていた。

「聞きやしたか、清さん。夔の神はたいへんな人気になってるようだぜ」

外から帰って来た小平次は言った。

清七は調べてきた番町の屋敷の名を書き入れているところだった。

五日前には摺師の喜八が小川町絵図の主版から摺った一枚を持ってきてくれたが、その文字を再点検したのち、与一郎が彩色し、彫師の長兵衛に部分部分を彫るように頼んだところである。

線引きや文字入れは番町に移っていて、調べてきては文字を入れ、また次の場所を調べてきては文字を入れるといった根の要る仕事になっていた。

小平次は、繁華な場所にある絵双紙屋を一軒一軒当たって注文の予約をとってきたのだが、その報告よりも、夔の神の行列に気を取られたようである。

「何しろ清さん、与一郎の親父さんたちは、宿を出ると四谷御門に出て、そこから船に乗って隅田川に、更に上って山谷堀に入り、吉原で休憩し、そこから幟《のぼり》を立てて浅草、日本橋の通りと練り歩いて、先ほど水菓子問屋の大松屋に入ったようです」

　小平次は、息を殺して書き入れている清七に報せた。

　とうとう清七は、手をとめて顔を上げた。

「大層なもんだな。ところで与一郎は親父さんに会いに行ったのか」

「いや、それは知りませんが、あっしが大松屋の前を通りかかると、なんとも群衆が道一杯にひしめいている。皆甕の神をひとめ拝もうと集まった連中で、三百人はいたと思いますよ」

「ほう」

　清七も気持ちを引かれる。

「一度は、その甕の神さまを拝みにいかなくては……いったい、どんな神さまなんでしょうね、清七さん」

　おゆりがお茶を運んで来て、清七の側に座った。

　店の方では、元気な声を出して忠吉がお客に錦絵を売っている様子だった。

「忠吉も連れて行ってあげなくてはね」

いそいそとおゆりは立ち上がったが、

「与一郎さん、その形《なり》はどうしたんですか」

店の方で忠吉の驚いた声が聞こえた。

「与一郎だ」

小平次が言った。

与一郎が父親のことを知らなければ教えてやらなくてはと待ち構えているところに、

「やあやあ、みなおそろいで……」

ひらひらと袖を靡《なび》かせて与一郎が入って来た。

「な、なんだ、お前、その格好は」

小平次があきれ顔で、まじまじと与一郎を見る。与一郎は上物の着物を着ているではないか。それも共布の羽織まで羽織っている。

「紀の字屋の主に見えるかい」

与一郎は、にやりと笑った。

おゆりと清七は顔を見合わせて笑ったが、小平次が怒った。

「与一郎、いくらそうやって形ばっかり整えたって、ほんものかどうか見りゃあ分かるんだ。すぐ親父さんにばれるのは目に見えている」

「小平次、主に向かってその言いぐさはなんだ。口のきき方に気を付けてもらいたいな」

言い放ったが、すぐににんまりとして、

「まんざらでもないだろ」

愉快そうに笑った。

小平次の言うことなど、馬耳東風の与一郎である。

「ったく、番町の地図はこれからだぞ。浮かれて線を間違えるんじゃねえぜ」

「うるせえ、任しておきな。それより、みんな、一度は夔の神を拝みに行ってやってくれないか。驚くぞ、夔の神をみたら」

「確かにそうだな」

小平次が相槌を打ち、

「なにしろ初めてあの姿を見た日にゃあ忘れられない、頭に焼き付いて、一生頭から離れない。それっくらい奇妙な御神像だ」

「小平次、どこがどう奇妙なんだ」

清七が訊くと、小平次と与一郎は顔を見合わせてしばらく考えていたが、

「下半身は一本足だからな」

小平次が首をひねった。

「奇っ怪なというか……顔は猿とも人ともつかん、獣の顔に見えるが、何者かは誰も分からん。この世に存在するものではないらしいからな」

与一郎が小平次に代わって言った。

「何……」

と驚くものの、清七の頭の中に、二人がいう神像は浮かび上がってこない。

その表情をみて与一郎がつけ加えた。

「唐の国の伝説上の生きものらしいが、なあに、それだけ正体不明の像だからこそ有難みが増すんだ」

「ふむ……」

清七がそれでも分からぬ顔をしていると、

「百聞は一見にしかずだ。俺が店番をするから、皆順番に行ってくればいいんだ」

与一郎はそう言うと、羽織を脱ぎ捨てて机の前に座った。

すかさず小平次がからかった。

「分かった、親父さんに会うのが嫌なんだな。何時嘘がばれるかと、ひやひやしていなくちゃならねえんだから」

三

清七とおゆり、それに忠吉が富岡八幡宮に甕の神を見るために出掛けたのは、出開帳が始まって十日も経った頃だった。

昨日は小平次と庄助が見学しており、今日は三人が向かったのだ。

なにしろ、押すな押すなで深川に人々が移動していると聞いては、後学のためにも見て置きたいなどと屁理屈をつけて、紀の字屋の者も落ち着かないのだ。

それほど甕の神ご開帳の評判は日に日に高まって、毎日境内は大変な混雑だというのは聞いていた。

実際三人が見たのは、人の群れだった。その群れは、境内の中はむろんのことだが、門前にまで溢れている。

人々は、甕の神をひと目見たいとやって来ているのはもちろんだが、境内から門前にかけて出ている様々な数え切れない程の店もお目当てだったのだ。

出店している店というのが全国の物産展を兼ねていて、様々なお国自慢を並べているし、それに、見せ物小屋、芝居小屋、これは宮地芝居のことだが覗くまでもなく盛況で、小屋掛けの蕎麦屋では、見物人の前で蕎麦食い競争が始まっていた。

どこにあの蕎麦が入るのかと、三人が呆気にとられて眺めていると、俄に境内から笛と太鼓の音が聞こえて来た。

「おかぐらだ」

忠吉は早くも浮足だって音のするほうに足を向けた。なにしろ子供はそういう事にかけては、すばしっこい。

清七もおゆりも、忠吉の後を追うように人の波をかき分けて前に進むと、境内に襲の神を祭った小屋が見えてきた。

小屋は神殿を模していて、人々は襲の神を首を上げて拝むようになっていた。少し離れた場所からも拝めるように工夫している。

その小屋の前で舞っているのは、二人の清楚な巫女だった。

舞が終わると、禰宜が前に出て、後ろを振り返りながら、襲の神の説明を始めた。

「ご覧の通り、甕の神は木刻にして一尺八寸の奇怪異様な神像なり。かの荻生徂《おぎゅうそ》徠《らい》先生も驚かれたと伝えられるこの神像は、享和二年、家斉《いえなり》公様が甕の神の真影をご所望になり、大奥、御三卿、お旗本の皆様にも献上致しました。また天保に入りましてもご所望があり家斉公様にお届けいたしました。そしてこの度は、ご側室お美津の方さまからお声がかかり、こうして、この江戸に初めてご神像出開帳となりました。甕の神を拝まれる皆様にご加護がございますように……」

胸に挟んでいた御幣を、さっ、さっと、しかも恭《うやうや》しく振る。

人々はわっと前に出て、お賽銭を箱に投げ込んで手を打った。

そののち、今度は流れるように、神殿となっている小屋の左右に置かれた札所で、先ほど舞っていた巫女から御札を買い求める。

――おや……。

清七は、小屋の前で、長い棒を持って神殿を警護している男に目をとめた。

三十前後の浪人体の男だが、鋭い目で用心深く参拝客を見渡している。

警護だからそれでいいのだが、清七には男の目が荒《すさ》んで見えたのだ。暗い目をしていた。それが何となく気になったのだ。

「清七郎さま……」

神殿前から押されるようにして門前に流れて来た清七は、昔の名前を呼ばれてそちらを見た。

おさよだった。おさよは与一郎の幼なじみだが、両親は与一郎の父親惣兵衛に傭われて暮らしていた水呑百姓だった。与一郎のいたずらがもとで、一家は石和を追われるように出て江戸で暮らしていたが、父も母も亡くなって、頼りの兄の佐吉《さきち》も事件にまきこまれて亡くなった。

清七は与一郎とともに、兄の佐吉を助け出そうとした事があり、それでおさよとは知った仲だったのだ。

しばらく会わないうちに一段と美しくなったようだった。きっと兄を亡くして、ひとつ悲しみの山を越えたことが、おさよを大人の、憂いのある女に仕立て上げたのかもしれなかった。

呼びかけておきながら、おさよは清七を見て、怪訝な顔をしている。

「おさよさんじゃないか」

清七が、おゆりと忠吉を連れて近づくと、おさよは清七の顔をまじまじと見てから、

「やっぱり清七郎さまだったんですね」

おさよは、安堵したように言った。

清七が手短に町人になった経緯を話すと、

「じゃあ与一郎さんも頑張っているんですね、良かった」

本当にほっとしたような顔で、胸で手を合わせる。

「もうご覧になりましたか」

おゆりが訊ねると、

「ええ、私、懐かしくて来てみたんです。与一郎さんのお父さんに会うのは辛いなと思っていたんですが、兄さんが生きていたら、きっと懐かしく思うだろうって」

清七は頷いてやった。

おさよを頼むと言い残して亡くなった佐吉の顔が浮かんだ。

「もう拝んで来たんだね」

清七の問いかけにおさよは頷いた。

「そうか……私たちはこれからなんだが、この人出だ。いつ側《そば》までたどり着けるか分かったもんじゃない。どうだね、おさよさん、少し潮が引くまで一緒に蕎麦でも食べないか」

清七は誘って見たが、おさよは、

「もう少しここにいます。実は友達が来るかもしれないと思って」

と言う。

「ほう、田舎の人かね」

「ええ、でも今は大奥にいます。時々手紙を寄越してくれるんですが、夔の神の出開帳の時には一度は深川に行きます、そう書いてあったものですから」

「そうか」

「すみません」

「いいのだ。暇を貰って手持ちぶさたな時には、紀の字屋に来ればいい。与一郎の馬鹿話を聞いていたら元気がでる」

「ふふっ」

おさよは笑った。その頬が、ぽっと染まったのが可愛らしく清七には思えた。

与一郎の父親惣兵衛が、お供一人を連れて紀の字屋にやって来たのは翌日の夕刻の事だった。

「よ、与一郎さんのおとっつあん」

店先で惣兵衛のおとないを受けた忠吉は、

「たいへんだ、たいへんだ」

すっとんで奥に入って来た。

「与一郎さん、お、おとっつあんが」

「何だって……」

清七はおゆりと顔を見合わせた。

与一郎は慌てて立ち上がると、清七たちに両手を合わせてから父親を出迎えに店の方に出て行った。

「とうとう始まったか。あっしは口をきかないよ。ぼろが出そうだからな」

小平次が言い、渋い顔をしてみせた。

「与一郎の父親で惣兵衛と申します。皆さんには、あの与一郎を助けて頂いて感謝しております」

惣兵衛は、店の奥に入って来ると、早速に頭を下げた。

四角い顔は艶が良く、眉は太く、唇は引き締まっている。ただ少し小太りしていて背は低かった。

「清七です。こちらは小平次といいます」

筋書通りの紹介だったが、思ったよりすんなりと口をついて出た。

「あの子がこんな見事な切り絵図をつくるお店《たな》の主になるとは、とても信じられない気持ちでしたが、お二人に会えて良く分かりました。お二人がよく与一郎を引っ張ってくれているのでしょうな。与一郎は母親を早くに亡くしてわがままな所がございますが、親の私がいうのもなんですが、気は優しい男です。どうぞ今後ともよろしくお願いします」

言葉にそつがない。

与一郎はというと、落ち着かない、決まり悪そうな顔で父親が次に何を言い出すかと、やきもきしているようだった。

惣兵衛はすぐに供の者に持たせていた紫の風呂敷包みを手に、おゆりに頼んで奥に向かった。そして、藤兵衛に深々と頭を下げたのだった。

持参した風呂敷の中には、甲斐の山々で採取させた薬草で作った薬が入っていたようで、藤兵衛を喜ばせたと、これは後からおゆりに聞いた。

ともかくその態度と表情には、威厳はあるが偉ぶらない、頭は低いが、流石石和の名主総代だと感じさせるような風格があった。

本当にこれが与一郎の父親かと疑いたくなるほどだった。

「すごい人気だそうで、忙しいんじゃないのか、おとっつあん」

与一郎は奥から戻って来た惣兵衛にさりげなく言ったが、惣兵衛は、今日やって来たのは、紀の字屋の皆さんにお願いごとがあって来たのだと言う。

「少し手助けをお願い出来ないかと思いましてね」

遠慮がちに清七の顔を見て言った。

「おとっつあん……駄目だよ、うちは忙しいんだから」

「与一郎さん、せっかく訪ねて来て下さったのだ」

清七は与一郎を制すると、惣兵衛に話を続けるように促した。

「ありがとうございます。そう言って頂いてほっとしました。なにしろ時間が無い、急ぎの仕事でございまして」

惣兵衛は、ちらと与一郎に視線を走らせたのち、

「実は大奥から、甕の神の真影をおさめるように言ってきたのです」

神妙な顔で言い、惣兵衛は見守る清七たちの顔色を窺った。

「御真影……おとっつあん、まさか、甕の神を摺れっていうのか、忙しいこの紀の字屋に」

物言いは紀の字屋の主然として丁寧だが、やはり父親となると甘えが出るのか、与一郎は遠慮が無い。

「まあそういう事だが、黙って聞きなさい」

惣兵衛は与一郎を窘《たしな》めると、

「御真影は享和の頃、当時の将軍家斉様がご所望で、初めて版木に摺ったものがございます。これです」

惣兵衛は、後ろに控えている供の者に言いつけて、折りたたんだ紙を広げた。

黒一色の、目玉をぎょろりとさせた奇妙な像が摺られていた。

「神像の由来記の文字の入った等身大のものです」

惣兵衛が付け加えた。

「ほう……なかなか迫力があるものですね」

清七は言った。

昨日拝んで来たばかりだが、こうして目の前で等身大の夔の神を見てみると、なにかしらこちらを圧倒するものがある。

「三百枚ほど摺らなければなりませんが、版木が摩耗していて、以前のは使えません。それでこちらで新たに彫って頂いて、三百枚ほど摺って頂きたいのです」

「色は一色摺りですか」

　嫛の神から顔を上げて清七が聞いた。

「昔はご覧の通りの一色摺りでした。田舎じゃあこれが精一杯だったと思います。ただ、嫛の神の体は緑だったとも伝えられています。神社の背後にある山の神ですから。色摺りにすれば尚迫力のあるものになるとは思いますが……」

　清七は、また視線を嫛の神に戻して頷いた。

「まずはそれがひとつ……」

　惣兵衛はここで一度言葉を切ってから、

「もうひとつの頼みは、神棚に納める御札です。嫛の神をすり込んだ岡神社の御札、普通の御札の寸法のものです。むろんこちらは由来記なしの一色摺りです。枚数は五万枚」

「五万枚！」

　小平次が驚きの声を上げた。今まで手がけたことのない大量の数を言われて仰天したのだ。

「はい、もうお亡くなりになりましたが、大田南畝《おおたなんぽ》さんが残された『半日閑話』によれば、安永年間に回向院で行った善光寺さんの出開帳には二ヶ月間で千六百三万人とありました。一日二十六万人です。うちの場合は、その何分の一でしょうが、それでも摺れば何十万枚も出るでしょう。でも、五万枚限定にします。その方が夔の神の値打ちがあがりますからな」

金勘定だけではない、出開帳総代としての考えがあるようだった。

「ちょ、ちょっと待ってくれないか、おとっつあん。そういう話は一朝には行かないんだよ。御真影とはいえ出板物全て行司にお伺いをたてなくては摺れないんだ。行司の許可を待っていたらご開帳は終わってしまう」

行司とは、政府の意向を受けて本屋仲間で出板の監督管理を担う者を置き、独自に出板物の取り締まりを行っているが、その者の事を呼ぶ。

「いや、それは案じることはない」

惣兵衛は胸を起こした。

「何故だ、おとっつあん……ひとつ間違えば店はやっていけなくなるんだぜ」

「大奥から御真影を摺ることとお構いなしという返事を頂いている。この度の出開帳は、そもそもお美津の方さまの肝いりだったのだ。お美津の方さまの肝いりという事は、上様のご許可は頂いているということになる。念のために御広敷のお役人と一緒に行司さんにも話は通してきたところだ」

「いったい何時までに仕上げればいいんだ」

「御札の方は数日のうちに欲しい。大奥におさめる御真影は、この月末に嫂の神の御輿を大奥に運ぶことになっていますから、その時でいいのです」

「五万枚と三百枚か……こっちも今大変なんだけどな」

与一郎は渋い顔をしてみせる。

「与一郎さん、いいじゃないか。切り絵図は期限を切ってやってる訳ではないんだ。親父さんの頼みを受けて下さい。けっして紀の字屋にとって悪い話ではありません。これからの切り絵図制作の資金になる」

清七は頭の中で、五万枚と三百枚摺った時の紀の字屋に入る利益を計算していた。

「小平次はどう思うかね」

与一郎は腕を組んで小平次に訊いた。

――ちぇ、いい気になって……。

小平次は胸のうちで苦笑いしながら、

「へい、あっしも清さんと考えは同じです。与一郎さん、やりましょう」

いまいましいが、心遣いをしてみせた。

「よし、二人ともそういうのなら決まったな。やってみよう」

「ありがたい。皆さん、お礼は十分にさせて頂きます」

惣兵衛はほっとした顔で言った。

「そうと決まったら、彫師と摺師に打診してみないと……清七、小平次、忙しくなる。手分けして頼む」

与一郎は胸を張って二人に言い付けた。

四

竈の神の御札五万枚が摺り上がって紀の字屋に運ばれて来たのは、四日後の早朝、白々と夜が明けてきた頃だった。

もっとも最初の二万枚を紀の字屋は二日目に受け取っている。

堀長こと長兵衛で版が出来上がり、喜八のところで摺り始めるまでの日数はわずか一日、翌日から摺師喜八のところで、五人の弟子が総出で寝るのもおしんで御札を摺ってきたのである。

摺り上がった御札は一度に納めるのではなく、摺り上がった分をいったん紀の字屋が受け取り、すぐさま富岡八幡宮に運んだ。

御札は一枚八十八文で売り出したらしいが、枚数が限られている旨を張り紙で知らせたところ、かえって御札の値打ちが上がり、互いの競争心もあおり、表に出せばすぐに売り切れた。

この御札については、散銭とは別の収入になるから、全部売り切れば、御札だけで六百七十両余の売り上げになる。

むろんその中から、紀の字屋やその他への支払いはあるが、もともと御札を売り出すことなど考えていなかっただけに、惣兵衛は顔がほころんだ。

御札が手に入らなかった者たちの中には、講をつくって岡神社に寄付をして、後に御札を神社の者が届けるなどと約束を交わした人たちもいるらしい。

その寄付の額は、お札一枚一枚売るよりは、はるかに多い筈だから、これも相当な額になる筈だ。

「後は大奥におさめる三百枚だな」

与一郎はほっとした様子で胸を張った。

「ひと区切りだ。これで少し安心して眠れる。なにしろこのところ、ここに泊まりっきりでぐっすり休んだことがない」

小平次が大きなあくびをすると、

「良く言うよな。大きないびきをかいていた癖に」

与一郎がすぐさまやり返す。

二人のやりとりを聞きながら、清七は考えていた。

版元として取り分をどれくらいにするか、まだ細かい詰めはしていなかったが、短期間のうちに思いがけない利益を手にした事は間違いなかった。

ただ、この仕事は、惣兵衛が息子のために、わざわざ紀の字屋に持ち込んだ仕事ではないかと考えていた。

何も江戸に出て来てまで摺らなくても、特に御札については前もって準備出来た筈だ。

摺り物としては一色摺りで、構図もさして難しい訳ではない。昔摺ったことがあるのならなおさら、国で出来ぬ仕事ではなかった筈だ。

——与一郎のために……与一郎に花を持たせてやろうと考えたのだ。

清七は、小平次のあくびにつられて、大きなあくびをして、手を天に伸ばしている与一郎を見て、

——なんと幸せな奴なんだ……。

いや、親の心子知らずとはこのこと、なんと脳天気な男なんだと、苦笑して与一郎の赤い喉を見た。

「今、美味しいお茶をお入れしますね。おとよさんももう来て下さる頃です。すぐに朝ご飯にしますから」

おゆりも弾んで台所に向かったが、その時、激しく表の戸を叩く音が聞こえた。

「誰だ……こんなに早く」

与一郎は清七と小平次の顔に問いかけてから、店の方に向かった。

清七も胸騒ぎがして与一郎に続いた。

「大変な事になりました」

与一郎が表の戸を開けると、息せき切って男が転がり込んで来た。

惣兵衛の供をしてやって来ていた嘉七《かしち》という男だった。

「どうしたのだ」

与一郎は嘉七の顔を覗きこむ。

「大変です、与一郎さん。き、き、甕の神が盗まれました」

「何だって！」

「何時盗まれたのだ」

清七がすかさず訊いた。

「ゆ、夕べのうちに盗まれたようです。夜が明ければお役人が来て下さるようですが、与一郎さんたちにも来てほしいと」

「分かった、直ぐに行く」

「頼みましたよ。旦那様のお力になってあげて下さいませ」

嘉七は、おゆりが汲んできた水を一気に飲み干すと、外に待たせてあった辻駕籠に乗り深川に戻って行った。

「こうしちゃあいられん。清さん、兄い、頼む。俺一人じゃ心許ない」

与一郎は手を合わせる。

騒ぎを聞きつけたのか、足を引きずって奥から藤兵衛が出て来た。

「親父さん」

呼びかけた与一郎に、

「これはただの盗みじゃないな。何か遺恨があってのことかもしれん」

「恨み、ですか。誰を恨んでの仕業ですか」

「与一郎の親父さんへか、岡神社への恨みか、あるいは夔の神への恨みか」

「え、夔の神への恨みですか」

与一郎が怪訝な顔で聞き返すと、

「いや、それとも……」

言いかけて藤兵衛は口をつぐんだが、言い直した。

「しかしそんなことはあってはならん事だ。ともかく役人の調べは調べとして、入念に調べてみなさい。意外なところから解決の糸口がつかめるという事もある」

藤兵衛の顔は、何かを見据えているようだった。獲物を探している鷹の目、そんな感じを清七は受けた。

「昨日の冷たいご飯なら残っています。せめてお茶漬けでも食べていって下さい」

おゆりが慌ただしく台所に走った。


清七と与一郎、それに小平次が富岡八幡宮に到着した時にはもう、甕の神が盗難にあったとも知らずに、参拝客は押し寄せていた。

甕の神を置いてあった台には厨子が置かれていた。

「あの中には、等身大の甕の神の真影が壺に貼り付けて置いてあります。ごまかしているのです」

厨子を見上げていた清七の耳に囁いたのは嘉七だった。

「ちょっとこちらへ」

嘉七は三人を、小屋の横手に案内した。

そこには頭を包帯で巻いた男が、羽織袴姿の役人に何かを訊かれて応えていた。

「寺社奉行所のお役人です。あの人は夕べから小屋の警護をしていたうちの一人ですが、今朝、丁度今立っているところで、頭から血を流して気絶していたんです」

「他の者は？……怪我はしなかったのか」

清七が訊いた。

「もう一人、五十がらみの警備の者がいたんですが、こちらも大怪我をして、外科のお医者に運びました」

「凶器は何だったんだ？」

「棒のような物だと思います」

「小屋に鍵は掛けていたんじゃないのか」

与一郎が顎で小屋を指した。

「掛けていました。その鍵は、一つは総代の旦那様が持っていましたが、緊急の時のために社務所にひとつ合い鍵を預けてあったのです。それが盗まれていたようです」

話を聞いているうちに、役人は包帯の男から遠ざかって行った。

包帯の男は深く頭を下げて見送っている。

「話を聞きたい、呼んでくれないか」

清七は厳しい顔で言った。

包帯の男は、名を和助《わすけ》と言った。四十前後の男だが体格は良かった。

「車力で鍛えた腕を買われて傭ってもらったんですが、後ろからいきなりやられやして」

血のまだこびりついた顔で和助という男は説明した。

それによると、襲われたのは朝方で、もう一人の松蔵《まつぞう》という男の妙な声が聞こえて、それを確かめるために小屋正面が見える場所に移動しようとしたところをやられたという。

心当たりは無いと言った和助は、申し訳なさそうな顔をした。

清七は、男の所を訊いたのち、

「あの者たちを傭ったのはどこの口入れ屋ですか。警備に当たっていた者の名と住まいを、口入れ屋から聞き出したい。いま直ぐだ」

嘉七に頼むと、清七たちは惣兵衛が居る社務所に向かった。

惣兵衛は丁度奥の座敷で若い女と深刻な顔で話していた。

清七たちの姿を見付けると、立ってきて、

「こちらへ、紹介しておきたい」

そういうと奥に導いた。

その若い女とは、美しい着物をまとった大奥の御女中だった。

「小萩と申します」

御女中は両手をついた。

千代田のお城の大奥女中など、初めて見る清七たちである。

ぎこちなく挨拶を交わしていたが、与一郎が何か途中で気がついたらしく、はっとして小萩に言った。

「なあんだ、やっぱりそうだ、おみわさんじゃないか」

「はい、おみわです」

「おとっつあんも人が悪い」

「与一郎、その話はあとだ」

惣兵衛は顔を引き締めると、小萩がお美津の方さまに仕える女中で、このたびの出開帳もそれで成ったのだと、これまでの経緯を説明した。

そして、今日ここに来たのは、大奥を訪ねる折の段取りを決めるためだったのだが、甕の神が盗まれたと知り、大奥に帰ってどう説明すればいいのか相談していたのだと言った。

しばらく沈黙が続いた。

外の喧噪を耳朶《じだ》でとらえて考えていたが、やがて清七が口を開いた。

「万が一のことも考えておかなければなりません。つまり、甕の神が戻ってこなかった時の事です。隠し続けるのには限度があります。どうでしょうか、出開帳は残り半分、十五日あります。十日のうちに戻らなかったその時には、きっぱりと盗まれた事を天下に明らかにする」

「それしかあるまいな」

惣兵衛が思い詰めた表情で言った。

「しかしそうなったら、私も総代としての責任をとらなくてはならん」

惣兵衛の声には、悲壮なものがうかがえる。

「おとっつあん……」

与一郎は、見たこともない父親の姿に愕然としていた。

鼓舞するように清七が言った。

「惣兵衛さん、諦めるのは早い。お役人の調べもこれからです。私たちも全力で調べてみます」

惣兵衛は頷いた。

「それについては、惣兵衛さんに少しお訊きしたい事があります。他の名主の皆さん、宮司の方、そして小萩さんにもお訊きしたい」

清七は藤兵衛が出かける前に助言してくれた、恨みによる仕業、をまずは疑って調べてみようと思ったのだった。

「恨みを買っていないかといわれれば、無いとはいえませんな。名主をしていれば、すべてに口当たりの良い、差し障りのない言動をするという訳にはいきません。ただ、それは石和でのこと、この御府内で私を恨んでいる人がいるのかいないのか、それは私にも分かりません」

惣兵衛は言った。

清七は次に小萩に顔を向けた。

「大奥以外で、私がこのお江戸で知っている人といえば、幼なじみのおさよちゃんしかありません。大奥ですと、私が恨まれるというよりも、お美津の方さまが恨まれているかもしれません。何しろお美津の方さまの御子、政之助さまは徳川十三代をお継ぎになられるお方……」

小萩はそこで言葉を濁した。言っていいものか逡巡しているようだったが、この話はここだけの事として下さいと前置きして、

「お美津の方さまは上様のご寵愛を独り占めにしている御側室の中でも特別のお方です。そのような中にあってお手つきにはなったが、とてもお美津の方さまのように御側室にはなれそうもないお方もいらっしゃいます。その方からみれば、お美津の方さまの存在は、きっといまいましいに違いありません」

「その方がどなたか小萩さんは心あたりがあるのですね」

「……」

清七の問いに小萩は返事をしなかった。だが、じいっと清七を見詰める眼に、清七は小萩の心を読みとって頷いた。そして重ねて訊ねた。

「今度のこの甕の神出開帳はお美津の方さまの肝いりだとお聞きしておりますが、上様もご存じなのでしょうな」

「もちろんでございます。心待ちにしていらっしゃると、これはお美津の方さまからお聞きしました」

「………」

「あの……」

小萩は不安な顔で清七に訊いてきた。

「いや、念のためにお訊きしただけですから」

清七は言った。だが、何かとてつもない事件に夔の神が使われているような、そんな不安が清七の胸にはあった。

五

「あちらですね」

升五郎《ますごろう》は、富岡橋を渡ると、橋袂に続く黒江町を清七に顎で差した。黒江町には、升五郎が警護の仕事を斡旋した男が一人住んでいるというのであった。

升五郎は深川の材木町に店を持つ口入れ屋である。深川いったいが升五郎の斡旋する口入れ先となっているが、独占という訳ではない。

深川には沢山の口入れ屋があったが、このたびの出開帳の警備その他については、他の二店と共に升五郎のところも仕事の依頼を受けていた。

　そこで升五郎は、四十人余りを世話したのだが、これから訪ねる男は、その中の一人である。

　清七たちは手分けをして、口入れ屋を通じて夔の神の出開帳と関わってきた者たちに不審な行動はなかったのか入念に調べていた。

　特に升五郎が斡旋した仕事は神殿を祭った小屋の警備が多く、十人程が交代で小屋を見回り、また神殿の前で見張っていた。

　そのうちの九人まで調べ上げたがこれといった不審な点はなかった。あとは仕事を休んだ大橋左門《おおはしさもん》という浪人者を長屋まで調べに出張ってきたのであった。

「大橋さま、いらっしゃいますか」

　升五郎は長屋の戸口で声を掛けたが、中から音はむろんのこと、人の気配さえない。

「おかしいな」

　升五郎が腰高障子の取っ手に手を掛けたその時、隣の家の戸が開いて、

「あら」

中年の女が出て来て、

「大橋の旦那はいませんよ、どっかへ行っちゃったみたい」

という。

女は桶を抱えていた。その桶に手ぬぐいとぬか袋が入れてある。これから風呂にでも出かける所らしいが、縦縞の着物を着た色っぽい女だった。

「何時帰って来るか分からんでしょうな」

升五郎が訊いた。

「もういなくなっちまったんだよ。夜逃げじゃないかしらね。今朝大家さんが気付いて、家賃を取りにきたら、もぬけの殻になっていたって……もっとも、ここに入って来た時から大橋の旦那は、鍋釜の他には、何も持ってなかったから」

升五郎は絶句して清七を見た。

「それじゃあ、何処に引っ越したのか、分からんわけだな」

升五郎に代わって清七が訊いた。

「ええ、大家さんは家賃が滞っていたみたいで、かんかん。あっ、善兵衛《ぜんべえ》さん！」

女が手を上げると、木戸口の方から、巾着をぶら下げた初老の男が、ひょこひょこ歩いてやって来た。

「善兵衛さん、この方達、大橋の旦那を訪ねてこられたんですよ。こちら大家の善兵衛さん」

女は清七たちを、善兵衛という大家に引き合わせた。

「まったく、何処に行ったのか」

大家はがたがたと音を立てて戸を開けた。

「ご覧の通りですよ。困っているようなので私が身元引受人になってここに入れてあげたのに、裏切られました」

大家は悔しそうに言い、家の中を見渡した。

「大橋さまは、名は左門、私はそのように聞いていたのですが、それは間違いなかったのでしょうか」

升五郎が訊ねると、大家は頷いて、

「こうなっては、あの方がおっしゃっていた事が嘘か本当か分からなくなりましたが、私もそのように聞いていました。国は常陸とか聞いていましたな。この江戸には仕官を願ってやって来たとか……」

「仕官ですか」

清七が聞き返した。

「でも、今この江戸では、なかなか仕官は難しいでしょう。ですが、あの方の気持ちはたいへんなものでした。私はね、こんな時代に望みを捨てずにいるその志にほだされて、この長屋にも入って頂き、口入れの仕事だって後見を買ってでたんです。お礼のひとことも言わないで、家賃まで踏み倒して姿を消すなんて、私の目はどうやら節穴だったようです。お笑いぐさですな」

大家の憤りはおさまりそうもなかった。

「ここに住む前には何処にいたんですか、聞いていますか」

「八名川町とか言っていましたね」

「訪ねて来る人は、あったのですか」

「さあ、どうですか。無かったんじゃないですかな。なにしろここに入ったのが今年の七月の中頃でしたから、まだ」

大家は指を折って数え、

「四月ほどしか経っていません。……家賃を頂いたのは最初のひと月ぶんだけでした。今度の仕事が終われば支払う、そう言っていたから信用していたのに、がっかりです」

大家は板の間に上がって点検していたが、竈《かまど》の前で視線を止めた。手を伸ばして紙を竈の中から拾い上げた。

紙は上物の美濃紙で、燃え残った一枚のようだった。奥を覗くと、紙を焼いた跡があった。

「これは、焼け残ったんですな」

大家は皺を伸ばして広げたが、

「どういう意味ですかな、これは」

首を捻って、清七を見た。

――一刻も早く良い知らせをお待ちしています　しな

焼け残った紙に残っていた文章には、そう書いてあり、何のことだか計りようもなかったが、しなとあるのは、送り主の名のようだった。

「女文字だが、心当たりは？」

清七の問いかけに大家は首を横に振った。

清七は黒江町の長屋で口入れ屋の升五郎と別れると、一人で八名川町に向かった。

八名川町は外神田の新し橋の東北にあるが、深川にある八名川町は、もとはこの外神田の代替地として拝領した町屋敷である。

ただ、その後、外神田にも再び町が復活して、御府内では二ヶ所に、それも随分離れた場所にあることになる。

清七が向かったのは、大川と六間堀の間、北六間堀町の隣に位置する八名川町だった。

大橋左門が暮らしていた長屋は、下駄屋の隣にある木戸から入った棟割り長屋だった。

井戸端で鍋の底を磨いていた女房が、

「ああ、いましたよ。引っ越して行きましたがね、何時だったか……そうそう七月だ」

訊ねるまでもなく、しゃべってくれた。

「一人で暮らしていたんですか」

「ええ、でもね、何時だったか、一度だけ、あたしゃ見ちまったのさ」

女房はにやにやしてそう言ったが、

「まったく、嫌になっちまうよ。なかなか落ちないんだから、男の人なら訳ないんだろうけど、女の手には余るよ」

ちらりと焦げ付いた鍋を見せるようにして、清七を見上げる。

「どれどれ……」

仕方なく清七はしゃがんでたわしを引き取った。

力尽くで鍋の焦げをこすりながら、清七は訊いた。

「何を見たんですか」

「綺麗な女の人さ」

「女？」

「ええ、どこかのお大名か旗本のお屋敷に奉公している御女中だったと思ってね、訊いてみたら、なんとなんと、大奥の御女中さんだというではないですか。どうしてあんな旦那が、そんな人と知り合いになったのか、不思議でしたね。この類を捻ってみましたよ。そしたら、痛くってさ、本当なんだってわかって、こっちはぽかんでしたね」

「名前は訊かなかったですかな、その大奥女中の」

「シナさんて言いましたよ」

「えっ……しなですか」

清七は驚いて聞き返した。

「そう、シナって言ったよ」

「……」

清七は女房の顔を見詰めた。

「ちょいと、そんなに見詰めないでよ。いい男に見詰められたら、あたし困っちまいますよ」

「すまん」

俯いてまたこすろうとすると、

「あっ、それぐらいでいい、いいですって、あんまりこすると、この間鋳掛け屋に直して貰ったところが、また穴になるからね」

なんとも遠慮のない女房だが、

「それでさ、あたしが後で大橋の旦那に訊いてみたんですよ。あの人は旦那のこれですかって」

小指を立てて、にっと笑った。

「そうだと言ったのか、大橋は？」

「はっきり言わなかったけど、妙にてれちゃってさ。あたしは直感したね。惚れてるけど言えない、そんな感じでしたかね」

「ほう……」

女房の話では、大橋左門の父親は、どこかの藩から暇を出されて江戸に出て来たようだった。

左門が生まれたのはこの江戸だと聞いているから、親子三人幸せに暮らしていた頃もあった筈だが、今女房が鍋の底をこすっているこの長屋に引っ越してきた時には、左門は一人だった。母親のことは口にしなかったが父親は亡くなったと女房は聞いていた。

とにかく左門は無口な男で、時に下男のような男が手紙を届けに来るほかは来訪者もなく、寂しい一人暮らしをしていたようだ。

ただ、長屋を引っ越すとか聞いた時には、いつもの大橋の旦那のようではなかったと女房は言った。

「どういう事だね」

「妙にそわそわして……そうかと思ったら、思い詰めたように天を仰いだりしてさ」

「………」

「気の病にでも罹《かか》ったんじゃないかって心配してさ、訊いたんだよ。そしたら、俺もいよいよ運が向いてきたかもしれぬよ、そう言ったんです」

「……」

「変な感じでしょ。運が向いてきた人が悩んだりするのかしらね。聞き返そうと思ったけど、すぐに家を出て行きましたからね」

――鍋の底をこすっただけの成果はあった。

清七は、暮れ始めた八名川町の長屋を後にした。

富岡八幡宮に戻った時には、ご開帳は灯火の火を頼りに行われていたが、参拝客はまだ境内に列を作っていた。

それを横目に社務所に入ると、与一郎と小平次が疲れた顔をして待っていた。

「何か摑んできたようだな、清さん」

小平次が清七の顔を見て言った。

「一人、気がかりな男がいる。小屋の前で夔の神の警備をしていた男だが、長屋から姿を消していた」

「なんだって」

与一郎は一瞬顔を強ばらせて小平次の顔を見た。

「大橋という浪人だ」

「大橋……甕の神を置いてある小屋の真ん前で立っていた浪人のことか」

「そうだ」

「ちょっと待ってくれ」

与一郎は外に飛び出して行くと、薄汚い身なりの初老の男を連れてきた。

「さっき俺に話していたことをもう一回、この人に話してくれ」

「へえ」

男は小さく頷くと言った。

自分は本殿の床下で寝起きしている者だが、今朝方尿意を催して外に出た。用をたしていると、小屋の戸を開ける音がする。

不審に思って音のする方に行ってみると、いつもは警備にあたっている浪人が肩に大きな袋を担いで小屋の中から出てきたのだ。

目をこすって見ていると、浪人は袋を担いで朝方の薄闇に消えたというのであった。

「この爺さんが見た時には、その大橋という浪人は、警備についていた二人を殴った後だったに違いない。まさかこの爺さんが見ているとは、夢にも思わなかったのだ」

与一郎は興奮して言った。

六

「困ったことになりましたな」

惣兵衛は、疲れきった、張りのない顔で言った。

先ほどまで臥せっていたようで、側に布団が敷いてある。

清七と与一郎が惣兵衛を富岡八幡宮前の寺宿に訪ねたのは、夔の神の今日のご開帳が終わった後だった。

ご開帳は五ツまで行っている。境内の出店が店を閉め、参拝客たちが引いて行くのは、だいたい五ツ半ごろになる。

その間に二人は、事件を調べに来た寺社奉行配下の与力、近藤広之進《こんどうひろのしん》という男に、これまで調べて判明したことを報告していた。

それで惣兵衛を訪ねるのが遅くなったのだが、与一郎はそれまでに社務所で嫌な噂を聞いていた。

それは、父親の惣兵衛のいないところで、他の名主たちが、警備に不備があったとか、合い鍵を社務所に預けた総代が軽率だったとか、こんな破目になった不満を惣兵衛一人に向けていたのである。

惣兵衛は総代である。何か事件が起きれば責を負うのは当然だが、事が事だけに、普段は脳天気な与一郎も、今度ばかりは父親を案じている様子だった。

「親父は責任感の強い人だ」

与一郎はそう清七に言った。短い言葉だったが、日頃の与一郎らしからぬ沈うつな声だった。

案の定、惣兵衛が気分が悪くなって宿に帰ったと聞き、二人は近藤広之進との話が終わると、急いで宿に駆けつけたのだが、惣兵衛は見舞の言葉を受けるより先に探索の進展をまず聞きたがった。

清七は、包み隠さず話した。

惣兵衛は、膝の上に手を置いて考えていたが、

「清七さんは、どう考えておりますか。大橋左門がおそらく盗んで行ったのは間違いないことだとして、何故、甕の神を狙ったのか……」

「………」

「まさか、大奥の御女中をしていると思われる志奈という人が関わっているのではないでしょうな」

「分かりません。その辺りを一度しっかりと調べた上でと思いますが」

「そうですな。明日さっそく御広敷まで出向いてみます。何、大奥には葡萄を毎年献上しています。小萩さんに会ってみます。志奈という奥女中がいるのかどうか」

「おとっつぁん、大奥には御女中の数は千人はいるだろうに、小萩に分かるかな」

与一郎が言う。

「当たってみるしかないんだ。こうなったら、どんな事をしてでも、夔の神を取り戻さなくてはならないんだ」

「おとっつあん」

「与一郎、いい機会だ。お前に言っておくことがある」

惣兵衛は膝を直した。

「な、なんなんだよ、改まって」

「お前もいずれ、私のあとを継いで、名主を務めなければならないんだ。名主というのは、年貢を納め、村を差配し、一日として気を抜くことの出来ない立場だ。村や村人のすべてのことが名主の肩に掛かっているのだ。貧しいなりにも幸せを感じて貰えるような村人の暮らしにしたい、自分のことは二の次だ。たとえば絹の着物を着るのも、これは体面を考えてのことだ。自分は村人を代表しているんだという自負だ。万が一私が木綿のつぎはぎだらけの着物を着たとしよう。他の村の名主やお代官様、甲府におられるお侍様、またこの江戸の商人の皆様と村を代表して話をする時に、相手がどう思うのか、押しがきくのかどうかまで考えねばならんのだ。つまり、名主というのは、私を捨てて、村人のために働く、その気概がなくてはつとまらん」

惣兵衛は、そこで言葉を切って与一郎を見た。

「何を言いたいんですか、おとっつあん」

「分からないいか」

「………」

清七は、じっと親子の様子を見守っている。

「いいか、与一郎、私がお前に好き勝手をさせてやっているのも、今のうちならいいだろう、いずれは大変な役目を負わなければならないんだから、私が若い頃に一度でいい、やってみたいと思った自由な暮らし、それを今のうちなら、お前にさせてやりたい、そう思ったのだ」

「おとっつあん」

「だが……」

惣兵衛は体を起こすと、厳しい顔で与一郎に言った。

「疉の神に万が一のことがあったその時には、私は引退する。名主でいることは許されない」

「おとっつあん」

「お前も覚悟をしておいてくれ」

「紀の字屋はやめろというのか、私はあの店を任されているんだ。急に勝手なことは出来ないよ」

「馬鹿なことをいうもんだ」

惣兵衛は苦笑して言った。

「藤兵衛さんが紀の字屋を譲ったのは、お前じゃない。ここにいる清七さんだ」

「お、おとっつあん、知っていたのか」

「どんなに取り繕っても、嘘はばれるものだ」

「い、何時、分かったんだ」

「紀の字屋さんを訪ねた時です。すぐにわかりました」

「ちぇ、言ってくれればよかったものを」

「馬鹿いいなさい。お前の気持ちも分かっていたし、皆さんの好意も分かっていた。だから私は、騙されて帰ろうと思っていたんです。しかし、このありさまだ。もしもの時には、もう私は名主として居る訳にはいかなくなった」

　与一郎は呆然として父親の顔を見た。

　しばらく沈黙が続いた。

　重たい空気を払いのけて口を開いたのは、清七だった。

「そのこと、いましばらくお待ち頂けませんか。まだ甕の神が帰ってこないと決まった訳ではありません。念ずれば通ず、という言葉がございますが、甕の神に、私たちの思いが届いていれば、きっとここに戻ってきます。私はそう信じます」

　きっぱりとした口調は、惣兵衛の気持ちを楽にしたようだった。

「おっしゃる通りだ。清七さんの言葉をお聞きして元気が出て来ました。いや、私も歳をとりました。すぐに弱気になる」

　惣兵衛はそういうと、微苦笑して頷いた。

惣兵衛の行動は早かった。

翌日昼前には、大奥の御広敷を退出して深川に戻って来た。行きも帰りも早駕籠で、宿に戻って来ると、待ち受けていた清七と与一郎に、

「いました、お志奈という奥女中が」

惣兵衛は言った。

「小萩が教えてくれたのか」

「そうです。御広敷の方々もご存じでした。もちろん、ずいぶんと手土産も持参いたしましたが、そのお陰で、いろいろと聞くことが出来ました」

惣兵衛の話によれば、お志奈という女中は、お手つき中臈藤乃《ふじの》に仕えている女だという事だった。

お手がついたのは、先年お美津の方が病で臥せっていた頃のようだが、以後上様のお呼びがない。

大奥の女中の間でも、このまま上様のお呼びがなければなどと噂をされて、かなり周りの者たちが焦っているのだという。

特に志奈という女中は、藤乃のお気に入りで、信頼が厚い。

藤乃のことを自分のことのように考えているから、これまでにもお美津の方に仕える女中に難癖をつけてきたりして、小萩も志奈のことは良く知っていた。

上様の御子を産めば側室にもなれるが、このままだと、つかみかけた運も手放さなければならない、それがお手つき女中が直面する厳しさだった。

「甕の神ご開帳は、藤乃という御中臈が敵視しているお美津の方さまの肝いりです。上様も心待ちにしてくださっているというその催事を中断させることは、お美津の方さまに一矢報いることになります」

「確かに……」

清七は、例の焼け残った女文字のある美濃紙を置いた。

しな、という字が目に突き刺さる。

「この文にあるしなと、大奥にいる志奈が同一人物なら、そういう事も考えられる。惣兵衛さん、志奈という女がお城の外に出て来ることはないのですか、お宿下がりとか、寺院への参拝とか」

「むつかしいでしょうな。小萩さんにも訊いてみましたが……」

「……」

妙案はすぐには出ないようだった。

「小平次が今、大橋左門の居場所を探索しています。町奉行所も探している筈です。大橋が捕まらないとも限らないのですから……」

「あと三日……三日後甕の神が戻らなければ、大奥に甕の神盗難を知らせなければと思っています。あちらも、いろいろと都合がございますから、その日になって、あがれないでは通りませんから……」

「ひとつだけ方法があります」

清七が言った。

「むろん、惣兵衛さんにもお力を頂かなくてはなりませんが、一か八かです。志奈という御女中を摑まえて質《ただ》すには、もはや、その方法しかありません」

じっと惣兵衛を見詰めた。

惣兵衛は頷いた。

「私は何をすればいいのでしょうか」

「大橋左門の名をかたって、私が志奈という御女中に手紙を書いて送ります」

「しかし、筆跡が違うと……」

「筆跡が違ってもいい。もしも志奈という御女中が、甕の神事件に関与しているのなら、放ってはおけない筈です」

「手紙が大橋じゃないと分かっても出て来るかな」

与一郎が半信半疑で言った。

「これは賭けです。でも私は出てくると考えています。なぜなら、大橋本人の呼び出しにはむろん出て来るでしょう。自分が関わって大橋に盗みをさせていたのなら、その後どうなったのか、気になっている筈です。また」

清七はそこで息をついてから、話を継いだ。

「筆跡がまったく大橋とは似ても似つかないと分かっても、これはこれで恐怖を感じるでしょう。なぜに甕の神の一件に自分が関わっていて、大橋まで知っていて、それで呼び出しを掛けて来るのかと……じっとはしていられない筈です」

「なるほど」

惣兵衛は膝を打った。

「やってみましょう。どんな手立てをつかっても、事件は解明しなければなりませんから」

「はい」

「ただ」

惣兵衛は心配そうな目を清七に向けた。

「ひとつ間違えばお咎めをうける立場になるかもしれません。清七さんを、そのような目に遭わせるのは申し訳ない。手紙の文は与一郎に書かせて下さい」

「惣兵衛さん、先ほどなんとおっしゃいましたか。与一郎さんは惣兵衛さんの後を継がなければならない人、そうおっしゃいました。それはただ、一家を継ぐということではないでしょう。多くの村人のため、という事だと思います。幸い私にはそのようなしがらみはいっさいありません。私が書きます」

「しかし」

「清さん、私が書くよ。清さんにこれ以上、迷惑は掛けられないよ。清さんは、紀の字屋にとっては大切な人だ」

親子ともども清七を制するが、清七はきっぱりと言った。

「紀の字屋の親父さんも分かってくれる筈だ。御懸念無く……」

清七は、きっとして惣兵衛を見返した。

「忝《かたじけ》なく思います」

惣兵衛は頭を下げた。

「清さん……」

与一郎は清七の横顔に熱い視線を送った。

七

清七が、志奈という奥女中宛に手紙をしたためていた頃、小平次は深川いったいの口入れ屋を当たっていた。

大橋左門の居場所が杳《よう》として摑めず、そこで小平次が考えたのは、口入れ屋を当たることだった。

これまでの調べで、大橋左門は八名川町、黒江町と深川界隈に暮らしていた。事件のあとに他国に向かったというのなら深川を捜しても無駄なことだが、深川のどこかに潜んでいるのなら、必ずどこかの口入れ屋にそろそろ出入りする筈だと思ったからだ。

大橋左門が甕の神を盗んだとしても、あんな奇っ怪な代物が、すぐに金になるものではない。甕の神の値打ちを知らない者は欲しくもないだろう。

江戸でこそ甕の神は金には換算できない恐れ多い物だと知れていても、一歩江戸の外に出れば、ただの木の彫り物の骨董品だと解されて金にはなるまい。

とすると、大橋左門は早晩金に行き詰まる。

なぜなら大橋左門は、嬰の神を警護していた日当を十日分は受け取っているが、その後の四日分は受け取る前に姿を消している。口入れ屋が五日ごとに支払っていたからだ。

大橋左門は、口入れ屋を頼らなければ、もう食も住処《すみか》も手に入らない筈だ。その日ぐらしの浪人の心許なさは、以前巾着切りだった小平次には良く分かるだけに、大橋左門探索に口入れ屋を選んだことは、間違っていない、そう信じている。

果たして、万年橋近くの海辺大工町の口入れ屋で、徳蔵《とくぞう》という主が大橋左門を知っていた。

徳蔵はやくざの足を洗って口入れを始めたという男で、子分も三十人はいると言われている男だった。

小平次が大橋左門を探していると伝えると、油断のない目を向けてきた。

「大橋の旦那がどうかしたんですかい……御奉行所の役人が口入れ屋を回っていると聞いているが、あんたも御奉行所の者ですかい」

徳蔵は、ぎょろりとした目で小平次を睨んで来た。

「いや、あっしは御奉行所の者ではないが、富岡八幡宮の方から頼まれて調べておりやして」

小平次は言葉を濁した。

「なるほど、口入れ屋仲間じゃあ、何かあったらしいと噂をしあっているんだが、大橋の旦那が何か悪いことでもしたんですかい」

「いえいえ、仲間内で喧嘩をし、日当を受け取らずにどこかにいっちまったようですので」

「へえ、珍しいことがあるもんだな……しかし、そんなことでわざわざ探しているとはね」

「へい、日当のこともですが、喧嘩の相手が大怪我をしている、その決着もつい ちゃあいねえんで」

小平次は咄嗟に嘘を並べて冷や汗を拭いた。

甕の神が盗まれたことは、まだ非公開だ。徳蔵は出開帳に人足を出していた口入れ屋から噂を聞いたのかもしれないが、その者たちには口止めしてあるらしいから、詳しい話は知らない筈だった。

岡っ引でもない者が、こうして軒並み口入れ屋を当たっていれば不審がられても仕方がないが、けっして本当のことは悟られてはならない話だった。

「ふっふっ、まあいい、そのうち分かる話だからこれ以上聞くまい」

「……」

「ただ、うちに来ていたのは随分前だぜ」

小平次はがっかりした。それを見た徳蔵はつけ加えた。

「あの頃は大橋の旦那も、高橋の南側の海辺大工町に住んでいやしたからね、病にふせったお父上の代わりに、人足でもなんでも仕事は選びませんでした。親孝行な方で感心していたんですが、お父上がお亡くなりになってから、少し変わったような気がしやしたな」

「すると、大橋左門は今はどこに住んでいるのか見当がつかないと……」

「さあ……」

徳蔵は大きく煙草を吸って、ぽんと吸い殻を長火鉢に落として言った。

「今朝ばったり会ったんだが、そんな話はしなかったな」

「な、何、今朝会った？」

「大きな袋を抱えていましたな」

「本当ですか、何処で会いましたか」

小平次の血相が変わった。

「そこですよ、万年橋の上でした」

「ま、万年橋の上……」

小平次は表に走り出て万年橋を見た。

北に向かう辻駕籠が一丁見え、北袂の方からは、三人の女連れが賑やかに渡ってくる。

当然だが大橋左門の姿など無かった。

「大橋の旦那は随分疲れた顔をしておりやした。旦那、いつでもいらして下さい。いい仕事が入っておりやすから……あっしはそうお伝えしたんですがね」

徳蔵の声が小平次の背に言った。


「そうか、深川にいるのか」

清七は小平次の報告を聞くと、大きく息をついた。

小平次の報告は、まだ大橋左門がこの江戸にいる、しかも深川近辺にいて、甕の神を持ち歩いているという事だった。

——今のうちなら、甕の神を取り戻すことが出来る。

あれほど八方ふさがりだと思われた事件に、一筋の光が見えてきた。

清七は今日、与一郎を惣兵衛の側に残し、紀の字屋に戻った。

そして思案に思案を重ねて、大奥にいる志奈という女に手紙を書いた。

無事果たした。相談したい事がある。

明日昼七ツ、回向院一言観音前。

大橋左門

手紙の文言はそれだけだった。

不用意に嬰の神の文字を入れないほうが良いと思った。

志奈が事件に関わっているのなら、これだけで十分だと思ったのだ。

ただ、会いに来る気持ちがあっても、大奥のしきたりで、明日に出てこられるという保証は無かったが、猶予は無かった。

書き終わった手紙は、即刻芳町の町飛脚問屋『立花屋』に百文のところを五十文上乗せして、本日中に大奥に届くよう清七は頼んだのである。

小平次が店に戻ったのは、日も暮れて、店も閉めたあとだった。

「遅くなりましたのは、口入れ屋の徳蔵から聞き出した、昔大橋が住んでいた所に行ってきたからです」

「ふむ」

清七は、まだ気持ちの高ぶりがさめやらぬ小平次の目を見詰めた。

「そこで意外な話を聞いてきました」

小平次は言った。

大橋左門は小名木川沿いの海辺大工町の裏店に住んでいたのだが、そこの住人は、大橋左門は大変な親孝行息子だったと言った。

古い長屋だった。羽目板の隙間から、冬は冷たい風が吹き込むような家だったが、大橋左門が生まれたところでもあった。

ところが、左門が十歳の頃、母親が出奔してしまったのだ。

母親は内職に着物の仕立てをしていたのだが、噂では、それを納める呉服屋の手代と江戸を逃げたのだという事だった。

左門はその時から、父親と二人だけの暮らしになった。

男所帯のわびしげな暮らしも、長屋の者たちが声を掛け、助けてやって、父と子はなんとか日々を過ごすことが出来たのだった。

だが、左門が十八の頃に父親が病に倒れた。その頃から、左門の肩には家計が重くのしかかったが、左門は懸命に働いた。

父の看病もしながら働きに出る左門を、大家が不憫に思って、孝行者を届け出よという町奉行所からのお達しがあった時には左門を推薦し、左門は町奉行所から賞状と金一封を貰ったこともあるらしい。

誰もが認める親孝行者だったのである。

「ただ……」

小平次はそこまで話すと、顔を曇らせた。

「父親が亡くなってからは、ずいぶん変わったと言っていたな」

「……」

あり得ることだと、清七は聞いていた。

清七も、母親が亡くなったあとに、人にはいわれぬ、荒んだ気持ちに襲われたことを思い出す。

その時の清七と左門とは歳に大きな違いはあるが、人が受ける悲しみの多寡は年齢では無い。

「まもなくだったと言っていましたが、左門は女を連れて来るようになったらしい」

「女を……あの志奈ではないだろうな」

「違います。両国東で甘酒を売っていた女だったようですが、ある日、長屋の路地にも聞こえるような喧嘩をして、それ以来、女は来なくなった。振られたんですよ」

それからは、長屋の者たちにも挨拶もしないようになり、やがて長屋を出て行った。

「その先が、八名川町の長屋だったようです」

「そうか……」

すると、志奈との繋がりは、八名川町時代だったという事だ。

「よく調べてくれたな、小平次」

「なあに、これぐらいの事はなんて事はねえ。肝心なのは今左門がどこにいるかです」

「うむ」

清七は、それを知るためにも、大奥の志奈に会って質さなければと考えていた。

「あら、表で音が……」

夜食をおとよに運ばせて来たおゆりが言った。

小平次がすばやく立って行ったが、店の奥の、清七が居る部屋に連れて入って来たのは、おさよだった。

「清七さん」

おさよは、思い詰めた顔で、清七の前に座った。

「どうしたのだ」

「大変なことが起こって与一郎さんのお父さんが窮地に立たされているんですってね。私に、何かお役にたてることはありませんか。与一郎さんがお気の毒で……兄のことではたいへんお世話になっています、ですから」

「そうか、それで来てくれたのか」

「ええ、今日八幡宮で与一郎さんを見かけたんですが、肩を落として……私、とても声を掛けられませんでした。だって私の両親は、村を追われて江戸に出て来た人間ですから、与一郎さんのお父さんにはご挨拶はとてもできません。でも、辛い思い出があるふるさとでも、私が生まれ育ったところには違いありません。そのふるさとが困っているときに、とてもじっとしてはいられないのです」

八

「さて、お立ち会い。ご用とお急ぎのない方は、ゆっくりと話を聞いてごろう……」

回向院の境内、ひょうたん池を背にして、浪人が勇ましく白い鉢巻き襷がけで、がまの油売りの口上を始めた。

清七は、その池のくびれたところに架かる橋の上に立った。目の先に、志奈に待ち合わせの場所だと指定して書き送った、一言観音の社があった。

志奈が現れるまで、少し離れて見守ることにしたのである。

境内のあちらこちらには、与一郎、嘉七、小平次、それにおさよがいる。

おさよは、八名川町の長屋で鍋の底をこすりながら、清七にしなという女の話をしてくれた女房を連れて来ていた。

八名川町の長屋に来ていた奥女中と、大奥にいる志奈とが同一人物か、首実検させるつもりだった。

緊張して辺りを見渡す清七の耳には、がまの油売りの声は、何の感興も引き起こさなかった。無味乾燥の風が吹き抜けていくように聞こえる。

「目の前におりますがまは、野原や縁の下におりますところの仲間とはちょっと違う、江州は伊吹山おんばこという露草を食べて育ちましたるところの四六のがまでござる」

浪人は喉ちんこが見える程に口を大きく開けて叫んでいる。

客は、三人……今立ち止まって五人になったが、いずれもがまの油など買いそうもないひやかしの客だ。

年寄りと、年寄りに連れられた子供と、きゃっきゃっと笑って見ている十五、六の娘たちだった。

「四六と五六がどこで分かれているかと申しますと、前足が四本、後ろ足が六本、一年のうち、三月の声を聞きますれば、江州は伊吹山の麓のひと山に登り、四面鏡、下金網の中にがまを追い詰め、小心もののがまは、おのが姿を鏡で見て、流す汗がたらーりたらり……」

清七には浪人の口上がむなしい叫びに聞こえている。

だがふと、浪人には妻はいるのだろうか……子はいるか……がまの油売りで糊口をしのげているのかと……そんな思いが頭をよぎった。

そう思った時、がまの油売りと大橋左門の顔が重なって見えた。

大橋左門が大それた事に手を染めた背景には、人には言えぬほどの悲惨な境遇があったことは分かっている。そのことに思いを馳せた時、境内に紫の頭巾をかぶった奥女中風の女が現れたのだった。

——来たか。

清七は、慎ましやかに歩いて来る女の姿をとらえていた。

女は、間違いなく一言観音社をめがけて歩いて来る。

清七は、橋を下りると一言観音の社に向かった。

一足先に社の前に着き、きざはしの手前から賽銭を投げて手を合わせていると、女がやってきて立ち止まった。

ところが、手を合わせる風でも無く、女は社を背にして立った。

周囲に神経を走らせている。誰かを捜しているのは間違いなかった。

「もし、志奈さんですか」

清七は女の横に一足歩み寄って囁いた。

「大橋左門はここには来ませんよ」

ぎょっとして女は清七を見た。

「手紙を出したのは私です。大橋左門を騙《かた》って差し上げたが、私は絵双紙屋の清七といい、今出開帳をやっている夔の神にゆかりのある者です」

清七が告げるや、志奈は反射的に逃げようとして足を踏み出した。

「お待ち下さい、お訊きしたいことがある」

清七は、志奈の手首をぐいと引っ張った。

「おはなし下さいませ。わたくしは志奈などという女ではございません。大橋左門などという名も心覚えはございません。乱暴をなさるのなら人を呼びます」

志奈は険しい声を発した。

「おさよさん！」

清七がおさよの名を呼ぶと、おさよが、八名川町の裏店の女房を連れて現れた。

「おかみさん、この人ですか。大橋左門の家に来ていたシナという人は……」

清七が裏店の女房に尋ねると、女房は近づいてまじまじと女の顔を覗いてから、しっかりと頷いた。

「この方です。ええ、そうです。大橋さまを訪ねてみえたのは……」

顔をそむけようとする女の顔を、逃さぬとばかりに見ながら言った。

「ありがとう、それだけ教えて貰えれば結構、いざという時には、証言を頼みます」

清七のその言葉に、女房はしっかりと頷いたが、志奈は顔を横に向けて硬直していた。

「ここでは人の目につく」

清七は、女の腕を掴んだまま、池の端の藤棚の近くで小屋掛けの水茶屋を営んでいる店に入った。

すばやく、与一郎と小平次が入って来て、志奈を囲むように背を向けて座った。

「いったい、何の真似です。清七さんと言いましたね。わたくしにこんな仕打ちをして、ただではすみませんよ」

志奈は気丈に言い放った。

「ではお訊きしますが、何故あなたはここにやって来たのですか」

「………」

「私の手紙を見て、出てこなくてはいられなかったんじゃないのかね」

「何をおっしゃっているのか、さっぱり分かりません」

「では、これはどうだ」

清七は、懐から黒江町の長屋の竈の中に燃え残っていた紙を取り出して志奈の前に置いた。

志奈の顔が凍りついた。

「大橋の旦那をそそのかして夔の神を盗ませた……その張本人は志奈さん、あんただろう」

険しい声で言い、清七は志奈の顔を睨んだ。

「知りません。夔の神って何のことでしょうか」

「知らぬ筈が無い。富岡八幡宮での出開帳が終わった夔の神は、大奥に向かう。大奥から招かれているからだ。御女中たちはその日を心待ちにしていると聞いている。大奥に勤めるあんたが、それを知らぬとはいわせん」

「……」

「知らぬどころか、この機会を狙って、仕えている御中臈のこの先を案じ、神とあがめられている神像を盗ませるとは、いかなお美津の方さまに対抗してのこととはいえ、許されることではない」

「知りません」

叫んだ志奈の声が震えている。

「知らぬものか……志奈さん、あんたも大奥の御女中とはいえ一人の人間だ。夔憤を晴らしたい気持ちは分からない訳ではないが、そのために関係のない者が大けがを負っているのだ。その者には妻子がいる。いいのかそれで……心が痛まないのか」

清七は、こんこんと、そして厳しい口調で志奈の横顔に言った。

「………」

志奈の白い頬が次第に青ざめていくのが分かった。

「一方的に責めているのではない。あんたと、大橋左門の罪はもう知れたことだ。私たちだけでなく町奉行所も、寺社奉行所も動いている。事と次第によっては、大奥だって知らないではすまされなくなる。そうなれば、あんたは、大奥総取締の滝山さまに尋問を受けるだろう。もう、逃れられないところまで来ているのだ。だが、今なら、正直になにもかも話せば、罪は軽くなる。話してくれないか、何故そこまでして御中臈に忠誠を尽くそうとしたのか……何故大橋左門を巻き込んだのか」

「………」

「あんたにも親兄弟がいるだろう。親兄弟に、後ろめたいと思わんのか」

「あなたに……」

志奈は、きっと前を見据えると、

「あなたに、わたくしの気持ちが分かる筈がありません」

抑えた、低い小さな声で言った。だが、言ったその途端に、双眸から涙が溢れて来た。

「……」

清七は、志奈の横顔から視線を境内に移した。

いつのまにか、先ほどがまの油を売っていた浪人は姿を消していた。

そこには、杖をついた夫の足下を気遣いながら、本堂の方に向かっている老夫婦の姿が見えた。

「わたくしが、藤乃御中臈さまのために左門さまを利用したのではございません。藤乃様のお力を借りて、左門さまをどこかに仕官させたかったのです」

志奈は言った。

一年前のことである。

志奈は大奥をお宿下がりして実家に戻り、祖母の墓参りに出向いた。

菩提寺は下谷の大泉寺で、帰りには浅草寺に立ち寄った。

実家は諏訪町で瀬戸物屋を営んでいる。

小さな頃から大奥にご奉公するのを夢としていた志奈は、書の道を学び、歌を学び、望みをかなえるためにはと精進してきた。

それをどこで聞きつけたのか、大奥の藤乃の部屋子として声が掛かり、志奈は念願かなって大奥に入った。

見るもの聞くもの、齧《かじ》り読みした、かの『源氏物語』の世界に足を踏み入れた心地がして、厳しく行儀見習いを躾けられても苦にはならなかった。

ただ、仕えている藤乃さまが、お美津の方さまに比べて冷たい扱いをされているのが悔しかった。

藤乃さまと同じように嘆き、苦しみ、喜ぶ。喜怒哀楽を藤乃さまと共有してこその自分の存在だと思うようになっていた。

だからお宿下がりをしても、藤乃さまや同僚の者たちの顔が浮かんだ。

志奈は、何か皆が喜ぶ物を買っていこうと、境内に出ている店を見ていたが、酔っぱらった若い男達に囲まれた。

男たちは志奈の腕をつかみ、酌をしろ、御女中に一度酌をさせて酒を存分に飲みたいものだ、などと言いながら、境内の小料理屋に引っ張って行こうとしたのである。

「誰か、助けて」

志奈が叫んだその時だった。

若い男達を蹴散らして助けてくれたのが、大橋左門だったのだ。

それ以来、志奈は、藤乃のご用で大奥の外に出て来たり、宿下がりをした時には、左門と会った。

会うたびに愛情は深くなっていったが、ご奉公を辞めて実家に戻り、左門と一緒になるという決心はつかなかった。

「左門さまは、浪人です。浪人の方と一緒になることは考えてもみませんでした。父と母も許してくれるとは思えません」

志奈は言い、大きく息をついて下を向いた。

膝に並べて置いていた手を握り合わせるようにして言った。

「そんな時に、お美津の方さまが、江戸に疱の神を呼ぶのだという話が聞こえてきました」

「……」

清七は志奈の顔を注視した。

与一郎もこちらに顔を向けて、じっと志奈の顔を窺っている。

「嫑の神は、大奥でも享和の頃からでしょうか、その真影が残っていて、お美津の方さまでなくても、この目で拝見したいと願う方達が多くおられました。大奥の中で、嫑の神が評判になり、もてはやされればされるほど、お美津の方さまに対する上様のご信頼は大きくなります。お美津の方さまにあやかりたい……だって、お美津の方さまも御中臈から側室になられたお方ですもの……歯ぎしりして見守っていたのですが」

志奈は、大きく息をしてから言った。

「嫑の神が無くなれば、いいのに……単純にそう思いました。そして次の瞬間、それを左門さまがやってくれたら、私がそのことを藤乃さまにお話しすれば、左門さまの仕官がかなうかもしれない。そしたら、いずれ私たちは一緒になれる。そう思ったのです」

「ふむ、それでそそのかしたというのか」

「……」

「馬鹿な考えを起こしたものだ。そのために、多くの人が窮地に立たされているんだぞ」

与一郎がこらえきれずに怒りの声を上げた。

「……」

「仮に、あんたの言う通りになったとして……そんな事をして、本当の幸せが摑めると思っていたのか」

清七が言った。すかさずまた与一郎が怒りをぶつけた。

「バチあたりな。本当にバチがあたるぞ。甕の神はな、昔、あれを盗んだ男がいたんだが、村の者たちがその男を見付けた時には、男は死んでいたんだ。側に甕の神があったそうだ。大橋左門も、今頃どうなっているかしれん」

「……」

志奈は顔を上げて不安な目を与一郎に向けた。

「本当だ、本当の話だ」

志奈は顔を覆った。

「命が惜しければ、甕の神はどこにあるのか白状することだ」

志奈は与一郎を改めて見た。恐怖におののいている。

「今なら間に合う。大橋左門と甕の神の居所を教えなさい。教えてくれたら、私たちも重い罪にならないように、しかるべきところに働きかけてやる。約束する」

清七は言った。

九

小名木川沿いの海辺大工町の河岸には、川浚《かわざら》いをする道具を入れて置く小屋があるが、大橋左門はその小屋にいた。

子供の頃に父親と何度か小名木川に釣りに来て、ここに小屋があることは知っていた。

小屋の中には、太い縄とか鉄で出来た熊手のような物、鉈や箒、のこぎりなどが壁に掛かっていたり、小屋の隅に積まれたりしている。

大人が体を伸ばして寝られるだけの広さはあるが、埃っぽくて朽ちた臭いに包まれていた。

大橋左門は、甕の神を、壁際に積んである土嚢袋の上に置いて、自分は土間に筵《むしろ》を敷いて暮らしていた。

甕の神を盗んできたものの、どうしたものか途方にくれていた。

志奈との話し合いでは、盗んだ後は、甕の神は大川に投げ捨てて、素知らぬ顔で新しい住処を借りて暮らすという事だったが、先立つものもなかった。

だが、志奈の言う通りにしてやりたかった。志奈は、浪人の自分とは一緒になれないが、どこかに仕官がかなったあかつきには、大奥から暇を貰って妻になると約束してくれたのである。

いや、仕官は自分の長年の望みであった。

父親が浪人で暮らし向きが不安だったばっかりに、母が自分を置いて家を出て行ったのだ。

父と二人の味気ない暮らしは、長屋のどの家の子より不幸せだと思いながら育ってきた。

父親もことあるごとに、

「お前が、旗本の家士でもいい、とにかく主持ちになることを、わしは願っている。わしのような人生は送らせたくない。いいか、わしの遺言だ。無駄に生きるな」

そう言っていたのである。

しかし、父親も亡くなってみると、仕官を望むなどと大それたことは次第に頭から払われて行ったのだ。

だが、女が出来て、一緒になろうと告げた時に、その女はあなたのような人とは一緒にはなれないと言った。

不安な日々は送りたくない。安心して子供を育てたい。女はそう言って左門から去って行ったのである。

志奈と巡り会ったのは、その後のことだが、志奈からも同じようなことを言われて、左門の胸中には憤りの火が燃えた。志奈にではない。こんな世の中に生きなければならない自分にだ。

ところが志奈とのことを諦めかけたその時、甕の神を盗めば、いずこかに仕官がかなうかもしれない、志奈がそんな話を持ち込んできたのである。

ただ安閑と待つだけでは、自分の運が開けることはない。危険を覚悟してでも行動を起こすべきだ。

よくよく考えた結論がそれだったのだ。

そこで左門は、わざわざ富岡八幡宮の近くに引っ越して、口入れ屋に潜り込んだのである。

計画通り甕の神も盗んで来たが、川に投げ込むのは気が進まなかった。

見れば見る程奇妙なこの神像が、多くの人心を救っていると聞いた。

左門は、父親が晩年弱気になって、神仏に祈り、祈禱まで頼んだりしていたのを思い出したのだ。

神仏に祈り、お祓いをすることは、窮地に陥った人にとっては、最後のよりどころになる。

そのことで、心が癒され、強くなり、運が向いてきて、急転して良い方向に向かうことだって実際にあるのだ。

——やはり、志奈の言うように、大川には捨てられない。

大奥のお美津の方とやらの力が失墜すればいいことで、その時には富岡八幡宮にそっと返してやればいいんだ。

自分たちの罪がばれなければ、それでいいのだと思うようになっているのだった。

「まさか、ここに潜んでいるということはないでしょうな」

左門は、人の声に体を起こした。

音を立てないように壁に体を寄せて節穴から外を見ると、町奉行所の同心と岡っ引がいる。

左門は刀を引き寄せた。息を詰めて見守った。

踏み込んで来れば斬る。斬り開いて甕の神を抱えて逃げる。

そう思った時、岡っ引と同心は離れて行った。

――駄目だ。甕の神は捨てる方がいい。持っていなければ証拠はないんだ。

左門は、日の落ちるのを待って、小屋の外に出た。

川を航行する船も、荷を積んだ船も今は見えない。通るのは屋根船の類だが、灯をともしているから、こちらはかえって動きやすいのだ。

月は半月、草むらに潜んで、目の前を行く屋根船を見送ると、左門は川岸に腰を落として移動した。

捨て場所を定めると、

――悪く思わないでくれ。

ひとこと甕の神の顔に呟いて両手に抱え上げた。だがその時、左門はぎょっとして腰を抜かした。

「今光った。目が光った」

左門は叫んでいた。

猿とも人ともつかない甕の神の目が、一瞬だが、青い光を放ったように左門には見えたのだった。

「脅かすのか」

気持ちをふるい立たせて目をつむってもう一度放り投げようとしたその時、人が飛び込んで来た。

気がついたら頬を殴られてひっくりかえっていた。

「何をする！」

叫んだ左門の襟首を摑んだのは、清七だった。

「なにもかも志奈が吐いたぞ。立て！」

清七は左門を立たせると、もう一度左門の頬を殴りつけた。

左門は起き上がりざま、刀に手を掛けた。だがその一瞬を清七は逃がさなかった。

左門の手元に飛びかかって手刀を打った。そしてその腕をねじ上げた。

刹那、与一郎の歓喜する声が上がった。

「あった、竈の神があった。清さん、あったよ」

与一郎は、草むらから竈の神を抱え上げて清七に叫んだ。

小平次が走って来た。

「清さん、まもなく北町の旦那が参りやす」

「俺の話を聞いてくれ。これは俺が一人でやったのだ。俺の心が弱かった、志奈は関係ない」

左門は訴えた。膝を草むらに突いた左門は、泣いているようにも見えた。


甕の神に免じて――。

大橋左門は人足寄せ場送り、志奈は江戸ところ払いとなったのは、富岡八幡宮での出開帳が終了し、甕の神の輿が大奥に入り、大奥の御女中たちから多額の寄進を受けたと、紀の字屋に報せが入った翌日だった。

罪が軽減されたのは、清七や惣兵衛一行の働きかけがあったのは言うまでもない。

もともと甕の神盗難については公表していなかったのだ。無事に戻ってきた今たとえ世間に知れたとしても、左門が川に投げ込もうとした時、目が光ったなどという話は、甕の神を信仰する人たちにとっては神の威力を知らされる絶好の機会となる筈だ。

だからかどうか、出開帳が行われたひと月の間に、特に終盤に、甕の神信仰の講がいくつも出来たことは惣兵衛たちにとっては予想もしなかった喜ばしいことだった。

いつの間にか冷たい風が肌を刺すようになった富岡八幡宮境内で、惣兵衛たちが出立の荷を整え終えたのは、師走を明日に控えた昼も七ツ過ぎだった。

清七、与一郎、それに小平次も、喜八が持って来た切り絵図の試し摺りを確認して発注し、そのあと富岡八幡宮にやって来ていた。

「お世話になりました。大奥に持参した真影の夔の神もたいへん喜ばれました。夔の神の体を、幾十にも重ねた緑の濃淡で彩色して頂いた、これまでにない出来栄えでございました」

惣兵衛は腰を折って礼を述べた。

与一郎が優しい目で父親を見ている。里心がついたのか名残惜しいのか、与一郎の目がうるんでいるように清七は思った。

「与一郎、おさよにはお前からよろしく言っておくれ。村に帰って来たかったら、いつでも村に帰ってくるようにな」

惣兵衛は言った。

「おとっつあん……」

与一郎は驚いた。

おさよが手助けしてくれたことだけは伝えていたが、㚑の神騒動の余波は続いていたから、おさよやおさよの兄の佐吉のことなど惣兵衛には話せずにいたのである。

惣兵衛は頷いてみせた。なにもかも分かっている、そういう顔だった。

「そうそう、広重先生にもご挨拶をしてきました。この上は、切り絵図に精魂を込めてみなさい。しばらくは私も大丈夫だ」

与一郎に惣兵衛はそういうと、今度は清七に言った。

「与一郎を頼みます。藤兵衛さんにもよろしくお伝え下さいませ」

与一郎一人を置いて清七と小平次は八幡宮を後にした。

「ずいぶんの賑わいのようでしたね、清さん。大成功だと言ってましたが、どれぐらいの人がやってきたんでしょうか」

小平次が肩を並べて歩きながら言った。

㚑の神に参拝者が散銭した額は、五千両ちかくあったそうだ。

御札も全部売り切っている。境内に出していた店に落ちた金も含めると、㚑の神の出開帳に集まった金は、何万両にもなったろう。

安永の頃、回向院で善光寺の出開帳が、これは六十日間あったようだが、その時、回向院境内に集まった金は、十八万両あったのじゃないかと、亡き大田南畝が『半日閑話』に記している。

それから考えると、知名度も規模もはるかに及ばないといっても、夔の神が集客した数は相当なものだった筈だった。

お陰で紀の字屋も潤った。その蓄えで店の売り上げを気にせず切り絵図が作れるというものだ。

「清さん、あの人たち……」

小平次が差した紀の字屋の表に、駕籠が置いてある。傍《そば》に中間ひとりと年寄りの下男が立っていた。誰かのお供をしてきて外で待機しているようである。

「彦蔵か……」

清七は店に走った。

「清七郎さま」

やはり彦蔵だった。中間は弁十郎《べんじゅうろう》だった。懐かしそうににこにこしている。

「どうしたのだ」

まさか、市之進のお供で来た訳ではないだろうと思ったのだが、

「若奥様のお供で参りました」

と彦蔵は言う。

「何……」

清七は店の中に飛び込んだ。

「清七さん、お客さまだよ」

忠吉が言った。

織恵は、奥の座敷で、藤兵衛と話していた。

二人の間には、試し摺りの小川町と番町の切り絵図が広げてある。

「お久しぶりでございます」

敷居際に座って清七が手をつくと、

「清七郎どの、すばらしい切り絵図ではございませんか。わたくし、嬉しくなりました」

織恵は言い、久しぶりに外出してきたのだと告げた。

くすりと笑ったのは、織恵から少し離れて座っている織恵が連れてきた女中だった。

「それで何か……」

清七は織恵に訊いた。

「あら、お忘れですか。旅の本を」

「ああ、そうでした。近々お持ちします。板元は大坂ですが、日本橋の商家のおかみさんが西国《さいごく》を旅した日記がでております。頼んでありますが、まだ手元にはきておりません。そのうちに……」

「まあ嬉しい。必ずお持ち下さいね。必ずですよ」

織恵は念を押すと、早々に立ち上がった。

清七は表まで見送った。

帰り掛けた彦蔵が引き返してきて清七に言った。

「清七郎さま、時々はお屋敷にお帰り下さいませ。いま殿様はたいへん難しい仕事にかかっているご様子で、あのお歳で夜通し調べ物や書き物をなさる事もたびたびです。それなのに、若殿さまとは相変わらず折り合いが悪く……ですから若奥様は、清七郎さまに中に入って頂きたいと思っておられるのではないでしょうか」

「それはないだろう。私はあの屋敷にはいかない方がいい」

「いいえ、そのような事はございません。若奥様自身もお寂しくていらっしゃいますから、こうしてこちらにお立ち寄りになったのではありませんか」

「分かった分かった、そのうちにな」

清七は彦蔵の背を押した。

小走りしていく彦蔵の後ろ姿を見送りながら、清七は、母の墓前に花と線香を供えて帰って行く、父の後ろ姿を思い浮かべていた。

——長谷、半左衛門……。

おもいがけず小さな灯が、胸の奥に点《とも》ったのを、清七は知った。

文春文庫

切《き》り絵《え》図《ず》屋《や》清七《せいしち》
紅《べに》染《ぞめ》の雨《あめ》

定価はカバーに
表示してあります

2011年10月10日　第1刷

著　者　藤原《ふじわら》緋《ひ》沙《さ》子《こ》
発行者　村上和宏
発行所　株式会社 文藝春秋

東京都千代田区紀尾井町 3-23　〒102-8008
TEL　03・3265・1211
文藝春秋ホームページ　http://www.bunshun.co.jp
落丁、乱丁本は、お手数ですが小社製作部宛お送り下さい。送料小社負担でお取替致します。

印刷・大日本印刷　製本・加藤製本
Printed in Japan
ISBN978-4-16-781002-3

（　）内は解説者。品切の節はご容赦下さい。

風野真知雄
耳袋秘帖
妖談かみそり尼

高田馬場の竹林の奥に棲む評判の美人尼に相談に来ていたという女好きの若旦那が、庵の近くで死体で発見された。はたして尼の正体とは。根岸肥前守が活躍する、新「耳袋秘帖」第二巻。

か-46-2

風野真知雄
耳袋秘帖
妖談しにん橋

「四人で渡ると、その中で影の消えたひとりが死ぬ」という「しにん橋」の噂と、その裏にうごめく巨悪の正体を、赤鬼奉行・根岸肥前守が解き明かす。新「耳袋秘帖」シリーズ第三巻。

か-46-3

風野真知雄
耳袋秘帖
妖談さかさ仏

処刑寸前、仲間の手引きで牢破りに成功した盗人・仏像庄右衛門は、下見に忍び込んだ麻布の寺で、仏像をさかさにして拝む不思議な僧形の大男と遭遇する——。新「耳袋秘帖」第四巻。

か-46-4

藤井邦夫
養生所見廻り同心　神代新吾事件覚
指切り

北町奉行所養生所見廻り同心・神代新吾。南蛮一品流捕縛術を修業する若く未熟だが熱い心を持つ同心だ。新吾が事件に挑む姿を描く書き下ろし時代小説「神代新吾事件覚」シリーズ第一弾！

ふ-30-1

藤井邦夫
養生所見廻り同心　神代新吾事件覚
花一匁

養生所に担ぎこまれた女と謎の浪人の悲しい過去とは？　白縫半兵衛、手妻の浅吉、小石川養生所医師小川良哲らの助けを借りながら、若き同心・神代新吾が江戸を走る！　シリーズ第二弾。

ふ-30-2

八木忠純
喬四郎　孤剣ノ望郷
蜘蛛《くも》の巣店《すだな》

悪政を敷く御国家老に父を謀殺された有馬喬四郎は、江戸の蜘蛛の巣店に身を潜めて復讐を誓う。ままならぬ日々を懸命に生きる喬四郎と、ひと癖ふた癖ある悪党どもが繰り広げる珍騒動。

や-47-1

八木忠純
喬四郎　孤剣ノ望郷
おんなの仇討ち

喬四郎の身辺は騒がしい。刺客と闘いながら、日銭稼ぎの用心棒稼業。思いを寄せるとよも、父の敵を探しているという。偽侍の西田金之助は助太刀を買ってでる腹づもりのようだが……。

や-47-2

浅田次郎
壬生義士伝《みぶぎしでん》　（上下）
「死にたぐねえから、人を斬るのす」――生活苦から南部藩を脱藩し、壬生浪《みぶろ》と呼ばれた新選組の中にあって人の道を見失わなかった吉村貫一郎。その生涯と妻子の数奇な運命。（久世光彦）
あ-39-2

池波正太郎
鬼平犯科帳　全二十四巻
火付盗賊改方長官として江戸の町を守る長谷川平蔵。盗賊たちを切捨御免、容赦なく成敗する一方で、素顔は人間味あふれる人情家。池波正太郎が生んだ不朽の〈江戸のハードボイルド〉
い-4-52

宇江佐真理
さらば深川　髪結い伊三次捕物余話
伊三次と縒りを戻したお文に執着する伊勢屋忠兵衛。袖にされた意趣返しが事件を招き、お文の家は炎上した――。断ち切れぬしがらみ、名のりあえない母娘の切なさ……急展開の第三弾。
う-11-3

加藤　廣
信長の棺　（上下）
消えた信長の遺骸、秀吉の中国大返し、桶狭間山の秘策――。丹波を訪れた太田牛一は、阿弥陀寺、本能寺、丹波を結ぶ〝闇の真相〟を知る。傑作長篇歴史ミステリー。（縄田一男）
か-39-1

北原亞以子
恋忘れ草
女浄瑠璃、手習いの師匠、料理屋の女将など江戸の町を彩るキャリアウーマンたちの心模様を描く直木賞受賞作。表題作の他、「恋風」「男の八分」「後姿」「恋知らず」など全六篇。（藤田昌司）
き-16-1

佐藤雅美
八州廻り桑山十兵衛
関八州の悪党者を取り締まる八州廻りの桑山十兵衛は男やもめ。事件を追って奔走するなか、十兵衛が行きついた、亡き妻の意外な密通相手、娘の真の父親とは――。（寺田　博）
さ-28-1

司馬遼太郎
竜馬がゆく　（全八冊）
土佐の郷士の次男坊に生まれながら、ついには維新回天の立役者となった坂本竜馬の奇跡の生涯を、激動期に生きた多数の青春群像とともに大きなスケールで描く永遠の傑作青春小説。
し-1-67

（　）内は解説者。品切の節はご容赦下さい。

高橋克彦
だましゑ歌麿
江戸を高波が襲った夜、当代きっての絵師・歌麿の女房が殺された。事件の真相を追う同心・仙波の前に明らかとなる黒幕の正体と、あまりに意外な歌麿のもう一つの顔とは？（寺田　博）
た-26-7

津本　陽
柳生十兵衛　七番勝負
徳川将軍家の兵法師範、柳生宗矩の嫡子である十兵衛は、家光の密命を受け、諸国を巡り徳川家に仇なす者を討つ隠密の旅に出る。新陰流・剣の真髄と名勝負を描く全七話。（多田容子）
つ-4-57

永井路子
流星　お市の方（上下）
生き抜くためには親子兄弟でさえ争わねばならなかった戦国の世。天下を狙う兄・信長と最愛の夫・浅井長政との日々加速する抗争のはざまに立ち、お市の方は激しく厳しい運命を生きた。
な-2-43

新田次郎
劒岳〈点の記〉
日露戦争直後、前人未踏といわれた北アルプス、立山連峰の劒岳山頂に、三角点埋設の命を受けた測量官・柴崎芳太郎。幾多の困難を乗り越えて山頂に挑んだ苦戦の軌跡を描く山岳小説。
に-1-34

畠中《はたけなか》　恵
まんまこと
江戸は神田、玄関で揉め事の裁定をする町名主の跡取・麻之助。このお気楽ものが、支配町から上がってくる難問奇問に幼馴染の色男・清十郎、堅物・吉五郎と取り組むのだが……。（吉田伸子）
は-37-1

平岩弓枝
御宿かわせみ
「初春の客」「花冷え」「卯の花匂う」「秋の蛍」「倉の中」「師走の客」「江戸は雪」「玉屋の紅」の全八篇を収録。江戸大川端の小さな旅籠「かわせみ」を舞台とした人情捕物帳シリーズ第一弾。
ひ-1-81

平岩弓枝
新・御宿かわせみ
時は移り明治の初年。幕末の混乱は「かわせみ」にも降り懸かる。次代を背負う若者たちは悲しみを胸に抱えながらも、激動の時代を確かに歩み出す。大河小説第二部、堂々のスタート。
ひ-1-115

藤沢周平
隠し剣孤影抄
剣客小説に新境地を開いた名品集〝隠し剣〟シリーズ。剣鬼と化し破牢した夫のため捨て身の行動に出る人妻、これに翻弄される男を描く「隠し剣鬼ノ爪」など八篇を収める。（阿部達二）
ふ-1-38

藤沢周平
隠し剣秋風抄
ロングセラー〝隠し剣〟シリーズ第二弾。凶々しいばかりに研ぎ澄まされた剣技と人としての弱さをあわせ持つ主人公たち。粋な筆致の中に深い余韻を残す九篇。剣客小説の金字塔。
ふ-1-39

松本清張
無宿人別帳
罪を犯し、人別帳から除外された無宿者。自由を渇望する男達の逃亡と復讐を鮮やかに描いた連作時代短篇。「町の島帰り」「海嘯《つなみ》」「おのれの顔」「逃亡」「左の腕」他、全十篇収録。（中島　誠）
ま-1-83

宮城谷昌光
孟夏の太陽
中国春秋時代の大国晋の名君重耳に仕えた趙衰以来、宰相として晋を支え続けた趙一族の思想と盛衰をたどり、王とは何か臣とは何か、政治とは何かを描き切った歴史ロマン。（金子昌夫）
み-19-4

山本一力
あかね空
京から江戸に下った豆腐職人の永吉。己の技量一筋に生きる永吉を支える妻と、彼らを引き継いだ三人の子の有為転変を、親子二代にわたって描いた直木賞受賞の傑作時代小説。（縄田一男）
や-29-2

夢枕　獏
陰陽師《おんみようじ》
死霊、生霊、鬼などが人々の身近で跋扈した平安時代。陰陽師安倍晴明は従四位下ながら天皇の信任は厚い。親友の源博雅と組み、幻術を駆使して挑むこの世ならぬ難事件の数々。
ゆ-2-1

吉村　昭
海の祭礼
ペリー来航の五年も前に、鎖国中の日本に憧れて単身ボートで上陸したアメリカ人と、通詞・森山の交流を通して、日本が開国に至る意外な史実を描いた長篇歴史小説。（曾根博義）
よ-1-42